モブは王子に攻略されました。

天野かづき

19896

角川ルビー文庫

目次

口絵・本文イラスト／陸裕千景子

夕方過ぎに降り出した雨は、夜になってますます勢いを増していた。マウスのクリック音だけが響《ひび》く室内からは、窓を叩《たた》く雨音と雷《かみなり》の音が随分《ずいぶん》大きく聞こえる。

築三十年のボロアパートでは防音など望めるはずもなく、時折風に飛ばされた何かが転がっていく音まで聞こえていた。

窓枠《まどわく》はガタガタと揺《ゆ》れ、雨樋《あまどい》を伝い落ちる水がどこかに当たり、タンタンと高く耳障《みみざわ》りな音を奏《かな》でている。

そんな外の荒天《こうてん》とは関係なく、森山奈津《もりやまなつ》は部屋着であるTシャツとハーフパンツ姿でPCに向かっていた。

ややうつろな表情で眉《まゆ》を寄せ、カチカチとひたすらにマウスをクリックする姿は一種鬼気迫《ききせま》るものがある。

PCの画面に映っているのは、西洋風の鎧《よろい》を纏《まと》った黒髪《くろかみ》の男だ。その下にはメッセージウィンドウが開かれており、そこには次々に台詞《せりふ》が流れていく。奈津はその台詞を目で追い、やがて現れた選択肢《せんたくし》に、マウスの動きを止めた。

そして、選択肢の一つを選んだ直後、画面は暗転する。

「あー……」

ＰＣの画面いっぱいに広がった肌色《はだいろ》の画像に、思わずため息がこぼれる。きっと今、自分は死んだ魚のような目になっているに違《ちが》いない。

分かっていた。こうなることは知っていた。けれど、何度見てもきついものがある。

と言っても、映っているのは可愛《かわい》らしい少女と、それにのしかかる精悍《せいかん》な青年の肌色の画像であり、絵柄《えがら》の好みはどうあれ、本来ならばノーマル嗜好《しこう》である奈津が忌避《きひ》するようなものではない。

問題はこれを作ったのが実の姉である、というただ一点による。

『異世界の恋《こい》の始め方２』

現在奈津がＰＣでプレイしているゲームのタイトルだ。いわゆる乙女《おとめ》ゲームと言われる類《たぐい》のゲームだが、十八禁であり、肌色のシーンもそこそこあった。

ストーリー的には、落雷《らくらい》で死んだはずのヒロインが異世界に特別な力を持つ聖女として召喚《しょうかん》され、そこでドラゴンを倒《たお》す勇者を一人選び、力を授《さず》ける……というものなのだが、その力を授ける方法が――――十八禁ならではのあれこれなのである。

もちろん、姉が一人で全《すべ》てを作ったわけではないというのは重々承知だが、それでも微妙《びみょう》な気持ちになるものはなる。

大抵《たいてい》の人間はそうなのではないかと思うが、肉親のこういった部分はできれば触《ふ》れないでおきたいものではないだろうか？

にもかかわらず、奈津がこんなゲームをやっているのもまた、原因はその姉だった。彼女自身が、弟である奈津にこのゲームを押しつけ、自身の趣味《しゅみ》を反映した渾身《こんしん》の作だと力説した挙げ句、プレイとその後の感想を強要してきたのである。

こういったことは何も初めてではない。乙女ゲームを解いた数は、姉が友人達と自主制作していた分も合わせれば、片手では足りなかった。

七つ年上の姉は、奈津にとっては逆らうことなど到底《とうてい》許されない暴君であり、命令には黙《だま》って従うほかなかったのである。

「フッーなら作った側が隠《かく》すだろー……」

ぶつぶつと呟《つぶや》きながらひたすらにマウスをクリックした。初めてのシーンのため、スキップ機能が使えないのが残念でならない。

ようやくそのシーンが終わり、やや斜《なな》めになりつつ物語のエンディングを見守る。一つあくびがこぼれた。

それでもここをきちんと読んでおかなければ感想を訊《き》かれたときに困ると思い、なんとか台詞を追い始める。けれど、正直なところ、やっとエンディングにたどり着けたという安堵感《あんどかん》で目が滑《すべ》った。

ちらりとPCの隅《すみ》に表示されている時計に目をやると、そろそろ日付が変わりそうだ。

明日《あした》は土曜で、大学は休みだった。だから今夜中に最後の一人も攻略《こうりゃく》してしまおうかと思っていたけれど、今からではさすがに厳しそうだなと思う。

残っているのは、パッケージのセンターに描《か》かれているキャラクターだ。こういうキャラは案外条件がシビアだったりするんだよな、と今までの何度かの経験から思う。

ちなみに今画面に映っているのは騎士《きし》で、同性ながらなかなか好感の持てるタイプだった。騎士という性質からか、礼儀《れいぎ》正《ただ》しく控《ひか》えめでやさしい。だが少し陰《かげ》のある部分もあり、そのあたりで女性に人気が出そうだった。

最後に残っているのは舞台《ぶたい》となる王国の王子様で、性格はいわゆるどSらしいが、どうなのだろう。これが人気と聞いて、なんとなく世の中を憂《うれ》えるような微妙な気持ちになる。

そんなことを思っているうちに、今までやっていたルートのほうはエンディングのスタッフロールが流れ始めた。これは共通のものだからさっさと飛ばす。

すでにもう慣れた感のあるスタート画面に戻《もど》ってきたのを見て、奈津はため息をこぼした。

「あー……出だしだけやって寝《ね》るかなぁ」

解くのは無理そうだが、寝るにはまだ早い時間だ。ついでにいよいよ近付いてきたのか、外では雷がうるさく鳴っていて、簡単には眠《ねむ》れそうにない。もう少し静かになるまではゲームを進めつつ起きていよう。

そう結論を出して、奈津は説明書を開く。

「んーと……王子クロードか……」

襟足《えりあし》のやや長い金髪《きんぱつ》に、アイスブルーの瞳《ひとみ》。どこか人を食ったような表情の立ち絵を眺《なが》める。

「まぁ確かに、キャラデはかっこいーかなー……」

呟きつつ、別画面に開いていた、攻略サイトを覗《のぞ》き込んだ。

――そのときだ。

「ッ……！」

感じたのは、激しい音と衝撃《しょうげき》だった。

視界が真っ白に染め上がる。舌が痺《しび》れ、びくんと体が震《ふる》えたような気がした。鼻を突《つ》く雨が降ったあとの空気のような臭《にお》い。

けれど、すぐに意識までがその白い世界に呑《の》み込まれていく。

そうして何もわからなくなった……。

◆

「これは……」

「どういうことだ？」

静謐《せいひつ》の中に、ぽつんぽつんと落ちるように人の声がする。

背中や後頭部、踵《かかと》が固い場所に当たっていると分かった。フローリングに直接寝ていたのだろうか？　そもそも今のは一体何だったのだろう？　聞いたこともないほどの大きな音だったけれど……。

そんなことを思いながら、ゆっくりと目を開ける。

――――途端《とたん》。

「おお、目が覚めましたか……！」

そう言ったのは、奈津の顔を覗き込んでいた若い男だった。白い祭司服を着て、手には何やら錫杖《しゃくじょう》のようなものを持っている。長い髪《かみ》が肩口《かたぐち》からこぼれ落ちていた。

絶対に知らないはずなのに、どこかで見たような風体《ふうてい》だなと思ったのはなぜだろう？

「起きられますか？」

そう言って差し出された手をぼんやりと見つめ、何度か瞬《またた》く。それからようやく手を伸《の》ばした。背中にも手を添《そ》えられて、ゆっくりと体を起こす。

奈津がいたのは、大理石のような磨《みが》かれた石でできた台座の上だった。

いや、石でできているのは台座だけではない。台座を囲む柱も屋根も、すべてが石でできている。石造りの神殿《しんでん》のようなこの空間もまた、どこかで見たような気がした。

なんだろう、このデジャヴの連続は。

というか、そもそもここはどこなのか？

ぼんやりとしたまま見回すと、この空間には自分を起こしてくれた男のほかにも、数人の姿があった。

どう考えても、自分とはまったく接点がなさそうな人物ばかりだ。なのにその中にも見覚えのある人物の顔がある。

特に、やや人を食ったような笑《え》みを浮《う》かべる、襟足のやや長い金髪にアイスブルーの瞳の美《び》貌《ぼう》の男と、鎧《よろい》を身につけ、黒髪に紫《むらさき》の目をした真面目《まじめ》そうな男には……。

「――――あれ？」

その形容詞が頭《あたま》に浮かんだ途端、奈津はハッとして、まだ手を摑《つか》んでいる相手の顔を見る。

銀髪にグレーの瞳、中性的な顔立ち、そして祭司服。

まちがいない。この三人の顔は、たった今までやっていたゲームの中で見た顔だ。

確か、金髪が王子のクロード、黒髪が騎士のカイル、銀髪が祭司のセレストだったはずだ。

本来ならば馴染《なじ》みのないはずの少し変わった服装を、すぐさま『祭司服だ』と思ったのも、それがゲームの中で見ていた衣装だったからだろう。

そして、おそらくだが、ここはゲームでヒロインが召喚《しょうかん》された神殿らしかった。

しかし、どう考えてもそんなのはおかしい。

自分はたった今まで自室のPCの前にいたのだ。そしてあの――……轟音《ごうおん》。

真っ白に焼けた視界と、体に走った刺激《しげき》、震え、臭い。あれから、何がどうなったとしても、自分がここにいるという事実とは結びつかないように思えた。

どうして自分はこんなところにいるのだろう？

「………夢かな」

何があったのかはよく分からないが、おそらく自分はあのとき何かの衝撃を受けて気を失ったのではないだろうか？　それで、その直前までプレイしていたゲームが意識として残っていたため、夢に見ているのだろう。

なるほどと一人で納得《なっとく》した奈津は、再びあたりを見回してみる。室内にいるのは奈津を抜《ぬ》いて五人だった。クロードとカイル以外は皆《みな》、祭司服を纏《まと》っている。そのうちの一人、攻略キャラでもある男の手は奈津を支えたままだったが、その視線は何事かを話し合っている残りの男達のほうへと向けられていた。

つられるように、奈津もそちらへ視線を向ける。

「『聖女』と聞いていたが」

「そのはずです。口伝でも確かにそう……」

漏《も》れ聞こえてくるのはそんな困惑《こんわく》に満ちた声だ。

話をしているのは見覚えのある顔の男ではなかった。祭司服を着た、老人と言っていい年齢《ねんれい》の男達だ。よくよく聞いていると、二人は自分が『聖女』すなわち『女』でなかったことに戸《と》惑《まど》っているようだ。

おかしな夢だなと思うが、ゲームならば確かに自分のいる場所はヒロインのいるべき場所である。当然の疑問だろう。

「あの」

奈津はとりあえず、一番近くにいた男に話しかける。だが、途端に部屋にいた全員の視線がこちらへ向いた。そのことにびくりと体を竦《すく》ませたものの、思い切って口を開いた。

「これ、夢ですよね？」

奈津の言葉に祭司たちが顔を見合わせる。

やがて進み出てきたのは、特に大きな帽子《ぼうし》を被《かぶ》った老人だった。ゲーム内では特に説明はなかったが、帽子が大きいほうが、位が高かったりするのだろうか。コックのような感じで。

「――――突然《とつぜん》のことで驚《おどろ》かれるのも無理はありませんが、ここは夢の中などではありません」

「え、でも……」

反論しようとして、そんなことを夢の中の人物に言っても無駄《むだ》かと思い直し、口を噤《つぐ》んだ。

「説明が遅《おく》れて失礼しました」

老人はそう言って頭を下げる。

「私は祭司長のラスール・オルカと申します。お名前をお聞かせ願えますかな？」

「………森山です。森山奈津」

「モリヤマナツ様」

繰《く》り返されてからなんとなく、これ下の名前だけを名乗ったほうがよかったやつではと思ったが、所詮《しょせん》夢の中の出来事なのだからいいかと思い直す。

ラスールは頷《うなず》いて、少しの躊躇《ちゅうちょ》のあと口を開いた。

「我が国アリエスは、現在未曾有《みぞう》の危機に陥《おちい》っておりまして……」

その後に続いた説明は、もう何度も、飽《あ》きるほど耳にしたものだった。

国がドラゴンに狙《ねら》われていること、ドラゴンから国を守るためには、特別な力が必要であること。

「その愛をもって、勇者たるものにドラゴンを倒《たお》す力を与《あた》えることができるのは、異世界から舞《ま》い降りた聖女のみ……と言われておりました」

「俺、男ですけど」

「はあ、そう見えますな」

ラスールは曖昧に頷き、背後にいた男たちをちらりと見る。

「印はどうだ？ あるのか？」

沈黙を破りそうそういったのは、クロードだった。祭司服を着た三人は、揃ってハッとしたような顔になる。

　ラスールは、奈津の横に立っているセレストを見つめた。セレストはラスールにむかって頷き、奈津の正面に立つ。

「失礼ですが、腹部を見せていただけますか？」

「は？……腹部？」

「はい」

　一体男の腹なんて見てどうしようっていうのか、という疑問が浮かんだが、そう言えばと思い出して慌《あわ》ててシャツの裾《すそ》を捲《まく》り上げてみる。

「あっ」

「やはり……」

　臍《へそ》の下の、ややきわどい部分に一見、花のようにも見える模様の痣《あざ》が浮かびあがっていた。

　これはヒロインの体にあった痣だ。

　ゲームの中ではこれが力の源で、セックスすることでこれが攻略《こうりゃく》キャラへと移動することになっていた。

つまり、自分は夢の中で自分をヒロインに置き換《か》えている痛い男ということに……。

「嘘《うそ》だろ……俺そんな願望ないはずだけど……」

確かに姉のせいで女性に苦手意識があったし、それゆえ彼女はできたことがなかったが、彼氏が欲しいと思ったことも断じてない。

夢の中でヒロインになっているとか、本当にどうかしている。

「間違《まちが》いないようですね」

「そうだな。印があるのなら、別に問題ないだろう」

自分の性的嗜好《しこう》についてぐるぐると思い悩《なや》んでいた奈津は、耳元といっていい距離《きょり》で聞こえた声に驚いて顔を上げる。

そこにいたのはクロードだった。いつの間に近付いてきていたのか、セレストと同じように奈津の腹部を覗《のぞ》き込んでいる。

「男だろうと女だろうと、ようは、お前から愛されさえすればいいのだからな？」

「ぎゃっ、ちょっ、やめてください！」

顎《あご》をくいっと持ち上げられて、身近に迫《せま》ったおそろしいほどの美貌に、奈津は慌ててその手を振《ふ》り払《はら》う。

クロードは驚いたように軽く目を瞠《みは》っていたが、こんなことをリアルでやられた奈津の驚き

はかなりのものだ。

「確かに……」

「問題はありませんな」

しかし、驚愕《きょうがく》しつつも、そうか王子はこういうキャラなのかと思っている間に、納得したように残りの三人が頷いていて、奈津はぎょっとして目を剝《む》いた。

「いや、ちょっ、待て待て待て！　問題ないわけないだろ？　どう考えてもおかしいよ⁉」

さすがに、聞き捨てならずにそう突《つ》っ込む。突然大声を出した奈津に、その場の視線が集中した。

「男がヒロインなんてゲームとして破綻《はたん》してるし！　第一俺の顔はどう見たってモブだろ⁉　お前らもうちょっと設定を大事にしろよ！」

「モ、モリヤマナツ様、落ち着いてください」

別にこのゲームにそこまで思い入れがあるわけではないが、さすがにキャラにそんなことを言われると衝撃《しょうげき》が大きい。

いや、まぁプレイヤー的にはヒロイン＝自分という視点の人もいるだろう。けれど、少なくとも奈津にとって、ヒロインはあくまでヒロインであり自分ではない。そう思っていたはずなのだが……。

こうなってくると、自分の深層心理的なものに自信がなくなる。

実際は自分がヒロインになりたかったのか？　ヒロインになってイケメンにちやほやされたかったのか？　そんなばかな……。そんな夢を見るなんて絶対におかしい。

だが、夢ではないとするなら、ますます訳が分からないことになる。

もしもこれが夢ではないなら、自分はゲームの中に入ってしまったということになるのではないだろうか？　そしてヒロインの立場に……？

そんなばかな……いや、だがしかし……。

混乱しつつ、奈津がとった行動は、実に古典的なものだった。

自分の頬《ほお》を思い切り抓《つね》ったのである。

「ったぁ！……い、痛い……」

「モリヤマナツ様!?」

確かに走った痛みに、奈津はやや涙目《なみだめ》になりつつ呆然《ぼうぜん》とする。周囲の人間は奈津の突然の奇《き》行《こう》に慌てふためいていたが、それどころではない。

痛い、ということはやはり夢ではないのだろうか？

夢ではないとするならば、自分の内なる性癖《せいへき》に絶望する必要はなくなったが、今度は自分がヒロインの立場でここにいるという現実にぶち当たることになる。

どうしてこんなことに？

極々《ごくごく》平均的な……いや、平均よりもやや地味なモブ顔の男でしかない自分には、ヒロインの要素なんて、皆無《かいむ》のはずである。いや、性別の時点で無を超《こ》えてマイナスだろう。

ヒロインは確か、落雷《らくらい》で死んで異世界に召喚《しょうかん》されたはずだった。

――――落雷。

その単語が浮《う》かんだ途端《とたん》、思い出したのは最後に受けた衝撃と轟音《ごうおん》である。あのとき、外は酷《ひど》い雷雨ではなかったか？

まさかと思うが、アパートに雷《かみなり》が落ちたのだろうか？

それで自分は、死んだのだろうか？

室内だぞ？　という疑問と、室内にいたのに落雷で死んだという事故がないわけではなかったような、という曖昧な記憶《きおく》が頭の中で混ざり合う。正直、あのボロアパートならば、設備的な欠陥《けっかん》があってもおかしくはない。

「だ、大丈夫《だいじょうぶ》ですか？」

「全然大丈夫じゃない……」

心配げなセレストの問いかけは、おそらく頬を抓ったことに対するものだったのだろうが、奈津は別の意味で頭《かぶり》を振った。

本当にここはゲームの世界なのか？　自分はあのゲームのヒロインと同じ状況《じょうきょう》に陥っているのか？　だとすると自分は……。いや待て、まだ別に死んだと決まったわけではない。決まったわけでは……。

奈津は頭を抱《かか》え、自分にそう言い聞かせていたのだが。

「と、とにかく聖女……ではなく、この場合は、聖人様、ですか。ドラゴンを退治する役目を負うことのできそうな者は、こちらですでに数名選出しております」

ラスールの言葉に、ハッとして顔をあげた。

「いや、だから！　そんなこと言われても困るんですって！　俺は男だし……！」

「別に男同士であっても、支障はあるまい？」

「ありまくりですね!?」

どこかきょとんとした顔で言ったクロードに、奈津は思わずそう突っ込む。

「絶対これ事故かなんかですよ？　頼《たの》むから俺を元の世界に戻《もど》してください！　それでちゃんとした『聖女』を召喚してください！」

頼むからお願いしますと叫《さけ》ぶ奈津に、ラスールやセレスト、祭司長や祭司が顔を見合わせる。

「残念ですが……その、なんと説明したものか……我々が召喚できるのは、すでに世界の理《ことわり》から離《はな》れた方だけなんです」

「――――理から離れた？」

セレストの言葉に、奈津は眉《まゆ》を顰《ひそ》める。

「はい。つまり、モリヤマナツ様はすでに元の世界では肉体を失っています」

「それって、つまり」

まさかとは思う。けれど……。

「……俺、死んでるってこと？」

呆然としたままそう口にした奈津に、セレストが頷《うなず》く。

「元の世界に戻す方法自体もありませんが、もしも戻れたとしても、すでにお亡《な》くなりになっている……ということになります」

ショックのあまり、視界が揺《ゆ》れた。

その奈津の肩《かた》を支えてくれたのはクロードだったが、礼を言うどころではない。

やっぱりという言葉と、嘘だろうという言葉が交互《こうご》に頭の中を回る。

死んだという可能性も何度かは考えた。けれど、こうして実際に死んだと言われるとやはりショックだ。自分はまだ二十歳《はたち》になったばかりで、前途洋々《ぜんとようよう》とは行かなくともまだ未来があると信じられる程度には若かった。

なのに、死んだ？

死んで、それでこんな乙女《おとめ》ゲーの世界に……？

死んだというのが嘘だと言えるような、状況ならよかった。けれど、実際、自分でもひょっとしてと思っていたことを肯定《こうてい》されたのだ。悲しいかな、その点だけは案外あっさりと納得《なっとく》してしまった。

ならばこれは文字通り、第二の人生ということになるのだろう。

本来なら死んでいたと思えば、続きがあったことを喜ぶべきなのだろうか？

――いや、やっぱり無理だろう。

これがただ単に異世界に来てしまったと言うだけならまだしも、ここで自分が果たさなければならない役目を思うと、よかったなどとは思えそうにない。

「でも、その……無理だと思います。何度も言うけど、俺男なんで……」

「我が国では、同性婚《こん》も認められておりますから、男同士でも問題はありません」

「問題ありますよ!?」

主に奈津の気持ち的に。

だが、そんな奈津に向かって、ラスールが深々と頭を下げ、ほかの祭司もそれに続く。

「突然《とつぜん》のことにご心痛お察しいたします。ですが、この国を救うためなのです、どうかご協力ください」

「………そんなこと言われても」

いや、気持ちは分からなくもないのだ。

一国の存亡と、奈津の貞操《ていそう》だったら、どう考えても奈津の貞操なんてティッシュペーパーよりも軽いだろう。

だが、はいそうですかと言えるほど奈津はこの国を知らないのだ。

これが日本だったらまぁ分かる。

自分にだって親はいるし、あんな姉でも姉は姉だし、死んで欲しくないと思う友人だっている。自分の貞操で彼らが救えるというなら、涙を飲んで従うかもしれない。

だが、ここは、この国は、奈津にとっては自分の貞操なんてくれてやるよと思えるほどの場所ではないのである。そもそもゲームの中なのではという気もして、現実感はかなり薄《うす》い。

そこで突然、男と恋《こい》に落ちて貞操を捧《ささ》げろと言われてはいそうですかと言える人間がどれだけいるだろう？　それこそ真《まこと》の聖人なのではないだろうか。

「あ、あの、この国では問題なかったとしても、俺は女の人しか好きになれないんです。だから、愛を与《あた》えるとかそもそも無理っていうかっ」

奈津はどうしたものかと思いつつ、必死でそう口にする。

だが……。

「――まぁ、そこは俺たちのがんばり次第《しだい》ってことだろう？」

そう言ってどこかおもしろそうに笑ったのは、クロードだった。

「そんなの……っ」

クロードの言葉に、奈津は反論しようとする。

けれど、なぜだろう？　じっと見つめてくる強い視線に、縫《ぬ》い留められたかのように動けなくなった。まるで猛禽類《もうきんるい》に狙《ねら》われた野ねずみみたいに。

そんな自分が情けなく思えて、せめてもの気持ちで睨《にら》み付ける。クロードは一瞬《いっしゅん》目を丸くしてから、ますます楽しげな顔になった。

「とりあえず自己紹介《しょうかい》しておくか。俺はクロード。この国、アリエスの王子で、勇者候補の一人だ。国を守るのは王族の義務だからな。面倒《めんどう》な話だと思っていたが……」

そう言ってクロードがじっと奈津を見つめ、にやりと微笑《ほほえ》んだ。

「思ったより悪くない」

笑顔《えがお》と言葉に、ぞぞぞっと背筋に怖気《おぞけ》が走る。

そのせいだろう。

「では、私も名乗らせていただきましょう」

決して喜ばしい状況ではないはずなのに、セレストがそう言ったことでクロードの意識が逸《そ》れたことにほっとしてしまった。

どうにも嫌《いや》な予感がする。クロードはやばいと、本能が告げている。

「セレスト・ノルンと申します。この国の祭司の一人です。どうぞお見知りおきを。そして、こちらが……」

「……第四騎士《きし》団所属、カイル・アガートです」

二人の自己紹介に、奈津はハッとして瞬《またた》く。

――これって……。

「もう夜も遅《おそ》い。モリヤマナツ様も今は混乱しているでしょうし、とりあえず落ち着いて考えてみてください。お部屋に案内いたします」

「あ、はいっ」

ラスールの言葉に頷きつつ、奈津はたった今感じたことをじっくりと考え始めた。


「こちらをお使いください」

そう言って案内されたのは、神殿《しんでん》らしき建物を出て、渡《わた》り廊下《ろうか》を二つほど越《こ》えた先にある建物の二階の一室だった。

廊下から次の間と呼ばれる、人を待たせるためにあるらしい小部屋を抜《ぬ》けた先。落ち着いたグリーンとくすんだ金を基調とした室内は、幾《いく》つかの燭台《しょくだい》によって薄暗《うすぐら》く照らされている。

ソファセットや食事のできそうなテーブルがあり、その奥の寝室《しんしつ》には、ベッドやクローゼット、鏡台などが置かれていたが、どちらの部屋にもまだまだ余裕《よゆう》があった。鏡台の用意があるのは、この部屋が『聖女』のために用意されていたせいだろうか。

案内をしてくれたメイドは、マリーという名前で、ゲームの中でヒロインの身の回りの面倒をみたり、予定を尋《たず》ねてくれたりするキャラクターと同じ名前だった。もちろんというべきか、容姿もよく似ている。

テーブルに水差しとグラスを置いている彼女を見つつ、正直、マリーと恋に落ちろと言われるならまだなんとかなったよな、とちらりと思った。けれど、それではこの少女にドラゴンと戦えということになるわけで、そんなわけにはいかないと思い直す。

いや、だからといって男と、というのはやっぱりどう考えても無理なのだが。

「この部屋にあるものはご自由になさってくださいとのことです。では、ごゆっくりおやすみなさいませ」

奈津がそんなことを考えて自省している間に、マリーは簡単に部屋の説明をすると、そう言って部屋を出て行った。

「ご自由にって言われてもなぁ……」

戸惑《とまど》いつつ、もう一度ぐるりと室内を見回してみる。

ふと気になって開けてみたクローゼットの中身は、男物だった。

サイズも奈津とそうは違《ちが》っていなそうだ。それほど時間はなかったはずなのに、よく準備したものだと感心する。

パタンとクローゼットのドアを閉め、奈津はその足でベッドへ向かった。

ちなみに足下《あしもと》は履《は》き慣れないサンダルだ。どうやら自分は着の身着のままここに飛ばされてきたらしく、裸足《はだし》だったのである。

それをぽいぽいと脱《ぬ》ぎ捨てるようにして、ベッドに倒《たお》れ込む。

天蓋《てんがい》付きのベッドは大きく、自分が使っていたシングルベッドの、ゆうに三倍はありそうだった。だが、自分の状況《じょうきょう》や、ここでヒロインがされていたことを思うと素直《すなお》に喜ぶことはできない。

あれが自分の末路なのかも知れないのだから。

ここに来る直前に見た、肌色《はだいろ》の画面を思い出してげんなりする。

あんなことになるなんて絶対にごめんだ。

「これからどうするか、真剣《しんけん》に考えないと……」

奈津は右手を天蓋に向かってかざすように持ち上げ、何度か握《にぎ》ったり開いたりを繰《く》り返した。

「死んだなんて、信じられないよな」

どう見ても、血の通った体だ。

もちろん、ここに来てから出会った人間も全《すべ》て、ちゃんとした人間に見えた。

「やっぱり夢って感じじゃないよな……あぁー……」

奈津は目の前の現実に耐《た》えきれず、ごろりと寝返《ねがえ》りを打って俯《うつぶ》せになると、ひとしきりじたばたと手足を動かす。それからぐったりと力を抜いた。

ここがどういった世界なのか――ゲームなのか現実なのかは、わからない。

ただ、先ほどセレストとカイルが口にした口上は、どちらも聞き覚えのあるものだった。

ゲームでは最初に話しかけた相手の好感度が少し上がる仕様で、その場合のみ台詞《せりふ》が違ったのだが、二人の台詞は、最初に話しかけなかった場合のものと酷似《こくじ》していた。クロードにだけは最初に話しかけたことがなかったから、挨拶《あいさつ》がゲームと同じだったのかは分からない。

ただ、それで思いついたことがあった。

それは、彼らがゲームの中の人格と同じか、そうでなくとも非常に似通った人格を有しているのではないか、ということだ。

つまり少なくとも自分は、クロード以外の攻略《こうりゃく》キャラのフラグが、どうすれば立つのかを熟知しているということになる。

それは、逆にいえば、フラグを折るにはどうしたらいいかも分かっているということだ。

今自分がここに存在している以上、ここを完全に画面の中と同じように思うことはできないし、自分のせいでこの国が滅《ほろ》ぶのはさすがになんとかしたいと思う。けれど、男相手に恋をするなんてどう考えても無理だ。エロいことも無理。口説かれても困る。

「一番いいのはやっぱり男じゃだめなんだって思われて、別の方法を考えて貰《もら》うことだよなぁ」

そのためには、とりあえずフラグをバキバキに折りまくるしかない。

「問題は、王子だよな」

クロードだけは、攻略《こうりゃく》方法がまるで分からない。

分かっているのはどSだということ、そして今日見た感じそれは間違っていないだろうということだけだった。

「あんまり怯《おび》えた顔とか見せないようにしたほうがいいのか？……わかんないな」

正直、どSへの対処法なんて考えたこともなかった。だが、同じS属性の姉を見ている限り、こっちが嫌そうな態度をとると喜ばれるというのはなんとなく分かる。

まぁとりあえず、できるだけ関《かか》わらないですめばそれが一番だけれど……。

そんなことを思ううちに、奈津はいつの間にか眠《ねむ》りについていた。

◆

繰り返されるノックの音に、意識が浮上《ふじょう》する。

しかし、ハッとして目を開けたものの、奈津は一瞬《いっしゅん》自分がどこにいるのか分からなかった。

白いシーツの海の向こうに、深緑の絨毯《じゅうたん》。カーテンの隙間《すきま》からうっすらと光が入り、室内はぼんやりと明るい。

「……ここ……」

ぽつりと呟《つぶや》いてから、ゆっくりと体を起こす。そして、深いため息をこぼした。

そうだった。認めたくないが……自分は死んで、そしてこの、ゲームとよく似た世界へと来てしまったのだ。

そう思った途端《とたん》、もう一度ノックの音がして、奈津は慌《あわ》てて返事をした。

するとすぐに扉《とびら》が開き、マリーが入ってくる。マリーはドアを閉めると、深々とお辞儀《じぎ》をした。

「おはようございます。クロード様がお待ちです。お支度《したく》のお手伝いに参りました」

「あ、はい。……えっ!?」

今クロードと言っただろうか？

半開きだった目が、驚《おどろ》きのあまりぱちりと開く。

「え、あの、待ってるっていうのは」

「昼食を是非《ぜひ》ご一緒《いっしょ》にとのことです」

奈津にそう答えつつ、マリーはテキパキと洗顔の支度をしてくれていた。昼食ということは、どうやらもう昼どきらしい。室内には時計がないため、よくは分からないが……。

「こちらへどうぞ。お召《め》しものはいかがいたしますか？」

「あ、えっと……よく分からないので、選んでもらってもいいですか？」

「かしこまりました」

頷《うなず》いてクローゼットへ向かうのを見るともなしに見つつ、奈津はサンダルに足を突《つ》っ込み、洗面器の置かれたテーブルへ足を向ける。

顔を洗い、用意されていたタオルで拭《ふ》いた。

「こちらでいかがでしょう？」

そう言ってマリーが持って来てくれたのは、シンプルなズボンに、ややドレッシーなシャツとベスト、揃《そろ》いの上着だった。

昼食に行くのにこの格好かと思ったけれど、相手が王子なのだからきちんとしたほうがいいのかもしれない。やっぱり選んでもらって正解だった。

「靴《くつ》はこちらを」

言いながらマリーが、足下《あしもと》に靴を置く。

「サイズに問題があればおっしゃってください」

「あ、ありがとう……って、あっちょっ、待って待って」

そのまま流れるように服を脱がされそうになって慌てる。

「女の子にそんなことして貰うわけにはいかないって……！」

奈津の言葉にマリーは一瞬戸惑《とまど》うように瞳《ひとみ》を揺《ゆ》らしたが、すぐに奈津の服から手を離《はな》した。

「――――かしこまりました。では、準備ができましたら次の間へお越《こ》し下さい」

マリーがそう言って出て行くと、奈津はため息をつきのろのろと支度を始める。

「昼食を是非ご一緒に、か」

ついマリーに言われるままに動いてしまっていたが、相手がクロードだと思うと憂鬱《ゆううつ》だった。

だが、相手は王子である。断れるはずもない。

問題は、クロードのフラグの折り方が分からないということだ。

ほかの二人はおそらく大丈夫《だいじょうぶ》だと思うのだが、クロードだけはいまいち見当が付かない。こんなことなら、もっと早く攻略サイトを見ておくんだった。

そんなことを考えつつ、奈津はシャツをはおり、のろのろとボタンを留める。しかし着替《きが》えなどどんなにゆっくりやっても、たかが知れているというものだ。

ベストと上着を身につけ、最後にやたらすべすべした手触《てざわ》りの靴下を履《は》いて、靴に足を突っ込む。サイズはぴったりだった。

ドアを開けると、そこで待っていたマリーが廊下《ろうか》に続くドアを開けてくれる。

「ありがとう」

「……いいえ。では、ご案内いたします」

彼女はパチリと瞬《またた》いたあと、小さく微笑《ほほえ》んでそう言った。

そのままマリーについて廊下を進み、階段を一つ上がる。案内されたのは、空中庭園だった。噴水《ふんすい》や四阿《あずまや》、花の浮《う》かぶ美しい水路などのある庭園の中心に、ガラス張りのドームのようなものがある。

マリーは巨大《きょだい》な鳥籠《とりかご》のようにも見えるその建物のドアを開けると、中に入るよう奈津を促《うなが》した。

「どうぞ。クロード様がお待ちです」

どうやらここからは一人でということのようだ。

いやいやながら中に入ると、椅子《いす》に座っていたクロードがこちらにちらりと視線を向ける。

クロードの前のテーブルにはティーセットが一客あるだけだ。

代わりにテーブルの脇《わき》にはワゴンが置かれ、その横には片眼鏡をかけた男が立っている。給《きゅう》仕《じ》役だろうか。正直二人きりでなかったことにほっとした。

「よく眠れたようだな？」

「……おかげさまで」

別に嫌《いや》みで言ったわけではないのかもしれないが、やや気まずい。この状況《じょうきょう》で昼まで寝《ね》ているなんて、正直自分でも神経が図太すぎるのではないかと思う。

「寝不足だったんですよ。それにいろいろ驚いたし、どっと疲《つか》れたんです」

「なるほどな。まぁ座れ」

言い訳を口にすると、クロードは少しおもしろそうに笑ってそう言った。

遠慮《えんりょ》することなく奈津が対面の椅子にかけると、脇に立っていた男はクロードの前のティーセットを片付け、次々にワゴンから食事を取り出して並べ始める。

「どうだ、一晩経《た》って覚悟《かくご》は決まったか？」

にこにこと楽しげに笑うクロードに、奈津は思わず顔を顰《しか》めた。

「そんな簡単に決まるもんじゃないし、覚悟でどうにかなるもんでもないでしょう」

覚悟を決めれば男を好きになれるかと言ったら、絶対にそんなことはないと思う。

「だが、決まらなくともお前が取れる道は一つしかない」

クロードはそう言いながらフォークを手にすると、彩《いろど》りのよいサラダへと伸《の》ばす。

「俺を愛して、国を救う手助けをしろ」

「なんであんた限定なんですか」

思わず半眼になってそう言い返しつつ、奈津もフォークを手に取った。

「いただきます」

ドームの中はぽかぽかと暖かいが、サラダはしゃっきりと新鮮《しんせん》で、口に含《ふく》めばひんやりとしている。単に氷などを使ったものか、それともいわゆる魔法《まほう》の力が働いていたりするのだろうか。ゲームと同じならば、この世界には魔法が存在するはずだ。

「言わなかったか？　お前が気に入ったんだ。モリヤマナツ」

その言葉に、げっそりした気分になりつつ、口の中のサラダを飲み下す。

「……そういうの困るんで」

「困っている顔も悪くない」

相当愛想《あいそ》のない言葉と態度だったと思うのだが、にっこりと微笑まれて、ため息がこぼれた。

やはり、どうやってフラグを折ればいいのか見当もつかない。

今のがフラグの成立した会話だったのか、折れた会話だったのかも分からないのである。

まぁ、そんなのは現実世界では当たり前のことだけれど。

「ところで、お前の名前はどこで切るんだ？　ひと続きの名前というには随分《ずいぶん》と長いが」

「……奈津、が個人の名前で森山が家の名前です」

「ナツか。可愛《かわい》らしい名だな。俺のこともクロードと呼んで構わんぞ」

構わんもなにもあんた名前しか名乗ってないだろと思ったが、突っ込むのがフラグ的な意味で、いいのか悪いのかわからないまま曖昧《あいまい》に頷く。

しかし……。

「あの、クロードは別にホ……同性愛者ってわけではないんですよね？」

「うん？　まぁそうだな。といっても、それほど拘《こだわ》りはないつもりだ」

「いや、そこはもっと拘ったほうがいいと思いますよ!?」

あっさりと言われて、奈津は思わずそう突っ込んだ。

「そうか？」

クロードは相変わらず笑顔《えがお》のまま、首を傾《かし》げる。

「そうかって……だって、王族って言ったら子孫を残すのも仕事のうちじゃないですか？　男が相手じゃそれもままならないし」

「なんだ、そんな先のことまで心配してくれていたのか？」

「え？　いや、そういうつもりじゃなくてですね!?」

慌《あわ》てて弁解しようとした奈津に、クロードがクスリと笑う。

「前向きに考えてくれているようで何よりだ。心配しなくても、俺には弟も妹もいる。跡《あと》を継《つ》ぐ人間に困ることはないよ」

「だから！　前向きでもないし、心配とかでもない……ですから……」

言い返せば言い返すほど嬉《うれ》しそうにされている気がして、最後は半分ため息が混じった。

ひょっとして、こうやっていちいち反論することは、よくないのかもしれない。そう思って、話さないことが不自然でないよう、食事に専念することにする。

実際のところ、そんなに意気込まなくとも、用意された料理はどれも美味《おい》しくて、途中《とちゅう》からは本気で夢中になってしまったのだが。

「どうやら食事は、口に合ったみたいだな」

食後の紅茶を飲みながらそう言われて、奈津は素直《すなお》に頷《うなず》く。

「全部おいしかったです。とくにサラダと、あとパンが」

パンを噛《か》んだときにぎゅっと広がる香《かお》りと、ほのかな甘さが最高だった。密《ひそ》かに、この世界と味覚的な部分の齟齬《そご》がなくてよかったとも思う。

考えてみれば、ヒロインが食事関係で苦労しているという描写《びょうしゃ》はなかったし、ゲーム通りならば食生活はそれほど現代と変わらないのだろう。

「よし、ではそろそろ行くか」

クロードは奈津の言葉に満足げに頷いたあと、そう言って椅子から立ち上がる。

「え？　行くって、どこへですか？」

奈津は椅子に座ったまま、クロードを見上げて首を傾げた。

「とりあえずは王との謁見《えっけん》だ」

「え、謁見って……」

「今朝方視察先から戻《もど》られたんだ。ナツに会っておきたいと仰《おお》せだ」

ぐいと手を引かれて、諦《あきら》めて立ち上がる。

「あ、あの、ごちそうさまでした」

給仕をしてくれた男にそう声をかけ、そのまま半ば引き摺《ず》られるようにして空中庭園を出る。

「陛下のご帰還《きかん》は、本来ならば昨夜の召喚《しょうかん》の儀《ぎ》には間に合うはずだったが、予定が押してな」

それはドラゴンが現れたことにより、活発化した魔物《まもの》のせいだったという。

「召喚の儀は満月の夜と決まっていたから、一月《ひとつき》も延ばすわけには行かなかった。ドラゴンによる被害《ひがい》は日々広がっている……人的被害もだが、ドラゴンの起こす水害による農作物への被害や、ドラゴンによって元の住処《すみか》を追われ、鉱山に住み着いた魔物による産業への影響《えいきょう》もあるからな。国力が弱まれば、戦争への懸念《けねん》も生まれる。――まぁ、それもあと少しの辛抱《しんぼう》だろうが」

そう言って意味ありげに笑われて、奈津はなんとも言えない気分になった。そんなふうに言われると、男を好きになるなんて絶対に無理、と思いつつも、多少は罪悪感があるというか……。

「謁見さえすめば、そのあとは適当に館《やかた》の中を案内しよう。しばらくはここに住んでもらうことになる。外に出られずに不便かもしれないが、ドラゴンを倒《たお》すまでの間だ。我慢《がまん》しろ」

「え？　外に出れないって、どういうことですか？」

まさか監禁《かんきん》されているのか？

ゲームの中ではそんな描写はなかったはずだけれど、と不思議に思う。

「ああ、そうだな……まぁ、隠《かく》しても仕方ないから言うが」

クロードはそう前置きをしてから、説明してくれる。

「王家の口伝では、ドラゴンを倒す力を授《さず》けてくれるのは『聖女』ということになっていた。これは聞いたな？」

「はぁ、まぁ昨日言ってましたよね」

実際はゲームの説明書やチュートリアルで何度も見たり聞いたりしていたのだが。

「ドラゴンの出現で国民には不安が広がっている。そこに、現れた『聖女』が男だったと知れたら更《さら》に不安を煽《あお》ることになりかねないだろう？」

それは確かにそうだ。

奈津自身、これは召喚が失敗しているのではないかと思う。印とやらはあったけれど、自分が男であっても、それが本当にセックスした相手にちゃんと渡《わた》るものなのかは分からない。

「そこで、実際にドラゴンを倒すまでは『聖女』が誰《だれ》なのか、国民に伏《ふ》せることになったんだ。お前の存在自体が秘匿《ひとく》されることになる」

「ああ――――なるほど」

それで外に出られない、ということか。

「まぁ、俺としても『聖女』だなんて喧伝《けんでん》されるより、そのほうがよっぽどいいです」

それは素直な気持ちだった。

『聖女』として国中から期待の籠《こ》もった目で見られていると思えば、さすがにプレッシャーを感じる。

それに、この国が同性婚《こん》OKで、同性愛もとくに変わったものではないのだとしても、やはり今まで同性を好きになったことのない奈津としては、自分がそういう目で見られることには抵抗《ていこう》があった。

隠してくれるというなら、願ったり叶《かな》ったりである。

「だが、無事ドラゴンを倒しさえすれば、あとになって実は聖女が男だったと発表したところで問題はない。堂々と俺の妻の座に就《つ》くことができるだろうから、安心していいぞ」

「――そういうの結構ですから」

そんな話をしている間に、どうやら目的地に到着《とうちゃく》したらしい。

部屋の前には、扉《とびら》を守るように二人の騎士《きし》が立っていた。クロードが立ち止まると二人は礼をとり、扉を開く。

中はやはり次の間があり、クロードはそこから声をかけた。中から返答があり、ほとんど同時に扉が開く。

そこは、思ったよりもこぢんまりとした部屋だった。いわゆる謁見の間という感じではなく、サロンのような場所だ。ソファやテーブルがいくつか置かれている。

室内には扉を開けてくれたらしい、やはり騎士の格好をした男が一人と、五十歳前後と思わしき男が一人居て、男はソファの一つに座っていた。

ぱっと見、クロードとはあまり似ていない。けれど、目の色はそっくりだった。

「陛下、連れて参りました。こちらが『聖女』モリヤマ・ナツです」

「ご苦労だった。——そうか貴殿《きでん》が……」

王はそう言って頷くと、ソファから立ち上がる。

「昨夜は失礼した。私はアリエスの十六代目国王、ラスワンドだ。どうか、この国のために力を貸して欲しい」

手を差し出され、奈津は盛大に困惑《こんわく》したものの、ついつい空気に呑《の》まれてその手を握《にぎ》ってしまった。

「あの、ですが、お……私は、聖女ではなく男で……本当に力になれるかは、怪《あや》しいというか……」

はっきりと無理ですと言ってしまいたいところだったが、さすが王者と言うべきか。正直な話、相手のオーラというか、雰囲気《ふんいき》というか、そういったものに呑まれて上手《うま》く言葉にならない。ラスワンドのほうは、そんな奈津に友好的な笑みを浮《う》かべて頭《かぶり》を振《ふ》った。

「心配せずとも、聖女の証《あかし》である印があったことは聞いている。知らぬ場所で不安もあるだろうが、何か不自由があればいつでも言ってくれ」

奈津は、その言葉にぎこちなく頷く。結局、なにも反論することができないまま、次の用事があるといって部屋を出て行った王と、護衛らしき騎士の後ろ姿を見送ったのだった。

「――――笑いたければ笑ったらどうですか？」

横目で睨《にら》んだ奈津に、クロードが噴《ふ》き出す。

「何がおかしいんですか！」

自分でも理不尽《りふじん》だと思う突《つ》っ込みをしつつ、奈津はクロードを睨み付けた。

「ナツでも臆《おく》すことがあるのか、と思ってなあ」

楽しそうににやにやと笑うクロードに、唇《くちびる》をへの字に曲げる。

「王様……陛下には、あんたと違《ちが》ってめちゃめちゃ威厳《いげん》があるんだから、仕方ないじゃないですか」

奈津の言葉にクロードはにっこりと笑う。

「俺は気さくな王子だからな」

「いだっ」

どうやら機嫌《きげん》を害したらしい。伸《の》びてきた指に、ぎゅっと頬《ほお》を抓《つね》られて、奈津はやや涙目《なみだめ》になった。

「よしよし、いい顔だ」

「やっ、やめてください！」

楽しげに言うクロードに、内心ぎゃーと悲鳴を上げつつその手を振り払《はら》い、目尻《めじり》を拭《ぬぐ》う。

やはりどSというだけあって、泣き顔や怯《おび》えた顔が好きなのだろう。これからはそういう表情を見せないように気をつけなければ……。

「まぁいい。じゃあ、いくぞ」

そう言ったクロードに強引《ごういん》に手を取られ、引っ張られるようにして歩きながら、奈津は心に誓《ちか》う。

どうやってもこの男のフラグをへし折ってみせる、と。

◆

「もー！　やめてくださいっ」

与《あた》えられた部屋の一角にある、ソファの上。鼻を摘《つま》まれているせいで完全な鼻声でそう言った奈津に、隣《となり》に座ったクロードが笑う。

目の前のテーブルにはお茶の用意がされていて、カップに注《つ》がれた紅茶からは花のような香《かお》りがしていたが、鼻を摘まれている今はもちろん感じられない。

「お前が生意気なことをするせいだろう」

ふん、と鼻で笑うクロードを、奈津はじっとりと睨む。

「生意気って……頬を抓ろうとするからガードしただけじゃないですか」

頬を両手で覆《おお》ったら、鼻を摘まれたという状況《じょうきょう》だ。どう考えても自分に非はないと思う。

「それが生意気だと言っているんだ」

「いたっ」

ぱっと手を離《はな》したと思ったらがぶりと鼻を噛《か》まれて、奈津は驚《おどろ》いて悲鳴を上げた。実際はそれほど痛くはなかったのだが、驚いた拍子《ひょうし》に、目尻に涙が浮かんでしまう。クロードはそれを見て満足げに頷《うなず》いた。

「さてと、かわいい顔も見られたことだし茶にするか」

「うう……このどS」

思わずそう悪態を吐《つ》きつつ、奈津は自分の鼻を手のひらで擦《こす》る。

――――この世界にきてすでに一週間あまりが経《た》った。

今日に至るまで、予定通り順調にフラグを折りまくっている奈津だったが、やはり一人だけ思うようにいかない相手がいた。

もちろんそれは、この王子・クロードである。

ほかのキャラ――――というか、候補者たちは、どうすればフラグが立つのか分かっているから、その逆の選択肢《せんたくし》を選ぶようにしておけばなんとかなった。もともと、攻略《こうりゃく》対象が同性愛者というわけではないせいもあるのだろうか？　ここまでは思った以上に、うまくいっているように思える。

最近では、祭司のセレストとは会っても挨拶《あいさつ》程度しかしないし、逆に騎士のカイルとは比較《ひかく》的《てき》気安い感じで、安心して話のできる友人のようになっている。

けれど、相変わらずクロードだけはわからない。

泣き顔はともかく、怯えた顔はほとんど見せていないはずだ。できるだけ冷たくあしらっているつもりだし、それ以前に避《さ》けるようにしている。

にもかかわらず、どこからか現れてはちょっかいをかけてくるのだ。服や靴《くつ》、宝飾品《ほうしょくひん》などのプレゼント攻撃《こうげき》はもとより、キスされそうになったり、尻《しり》を撫《な》でられたり、押し倒《たお》されそうになったりといったセクハラもされる。幸い決定的なことにはなっていないが、攻略キャラなら大人しく、エンカウントする場所で待機していろと言いたい。

　特に気に入られているのは頗らしく、気に入らないことがあると抓られる。ものすごく痛いというわけではないのだろうが、痛みに弱いせいかちょっとぎゅっとされただけでつい涙が滲《にじ》んでしまう。

　そのたびにクロードが非常に嬉《うれ》しそうなのがまた腹立たしいし、好感度が上がっているのかと思うと不安でもある。

「ほら、これを気に入っていただろう？」

　まるで痛いことを我慢《がまん》したご褒美《ほうび》、と言わんばかりに用意されているおいしそうな菓子《かし》に奈津は複雑な顔になった。

「確かに、おいしかったですけど」

　たっぷりとフルーツの使われているタルトは、奈津の好物の一つだ。

　もともと大の甘党である奈津は、和洋問わず菓子が大好きなのである。それを早々にクロードに知られたことは、かなりの痛手だと言えるだろう。

　最初は靴だの服だの宝石だのといったものをプレゼントされたが、奈津は見向きもしなかった。というか、突き返したり、それでも置いていかれたものはクローゼットに箱のまましまって、身につけたりはしていない。

けれど、用意されたお茶や菓子は食べなければ腐《くさ》って捨てられてしまう。それはあまりにももったいないという大義名分のもと、ぱくぱく食べているうちに、すっかり好みを把握《はあく》されていたのである。

「だったら、ほら、遠慮《えんりょ》せずに食べろ」

「遠慮じゃないんですけど……」

そう言ったものの、視線は目の前のつやつやしたイチゴに釘付《くぎづ》けである。

だが、まずいとは本当に思っているのだ。いや、タルトではなく、この状況が。

なんというか、考えたくないのだが、痛いことをされたあとに好きなものが出てくるというシステムが、染《し》みついてしまいそうで怖《こわ》い。

いわゆるパブロフの犬、というやつである。

ホイッスルを鳴らしてから餌《えさ》を与えるという行為《こうい》を犬に繰《く》り返し行い、条件付けをすることで、ホイッスルを鳴らしただけで犬がよだれを垂らすようになる、というものだが、痛いことをされて期待によだれを垂らすようになる、というのは相当に問題がある。人として。

けれど……。

「食べないのか？　だったら俺が食べるぞ」

「あっ」

躊躇《ためら》いなくクロードがフォークを突き刺《さ》した途端《とたん》、思わず咎《とが》めるような声が出てしまった。クロードはまるでそれを予想していたというように楽しげに笑う。嵌《は》められたと気づいたが、口から出てしまったものは取り消せない。

「どうする？」

さくりとフォークで切り分けたタルトを、クロードがフォークで掬《すく》うように持ち上げる。

室内はクロードによって人払《ひとばら》いがされており、二人以外には給仕《きゅうじ》の姿すらない。口を開けたところで人に見られるわけではないのだが……しかし。

それでもまだ黙《だま》っていると、クロードは容赦《ようしゃ》なくそれを自分の口に運んだ。ゆっくりと味わうように咀嚼《そしゃく》して呑《の》み込み、またすぐに残りのタルトにフォークを刺す。

一口大に切り分けられ、フォークに載《の》せられたタルトは、ほんの少しだけクロードと奈津の間に止まり、すぐにクロードの口の中に消えていく。

それが何度か繰り返されて、タルトのピースはみるみる小さくなった。

そうしてついに最後の一口になる。しかもそれは端《はし》の部分ではなく、一際《ひときわ》きらきらと輝《かがや》く大《おお》粒《つぶ》のイチゴが丸々一個載ったものだった。

イチゴの下には、とろりと滑《なめ》らかなカスタードや、さくさくのタルト生地《きじ》がある。クロードが手にしたフォークがそれをゆっくりと掬い上げる。今までよりも長い時間、それは奈津の前で止まっていた。

「ナツ？　欲しくないのか？」

欲しくてたまらない。なにせこれと同じものを、一度は食べたことがあるのだ。味を想像することは容易《たやす》い。

甘酸《あまず》っぱいイチゴも、甘すぎないカスタードも、しっとりとさくさくの混ざったタルト生地も、最高だった。

それがもう、最後の一口なのである。

「欲しいだろう？」

「っ……」

もう一度訊《き》かれて、奈津はついに頷いてしまった。

クロードが満足げに笑う。

「欲しいと言えるな？」

言ったら負けだ、というのは分かっている。

だが、目の前のこの誘惑《ゆうわく》に勝てる者がいるだろうか。いや、まぁいるだろうけれど少なくともそれは自分ではない。

しかも、何か特別なことをするわけではない。欲しいと、ただ一言口にすればいいのだ。

それだけでこのおいしそうなタルトを、食べることができる。

「……欲しい、です」

負けた……と心の中で思いながら、結局奈津はその言葉を口にした。

「何が欲しいんだ？」

分かっているだろうにそう聞いてくるクロードを軽く睨《にら》む。

「だから、その……タルトが」

「どんなタルトだ？」

畳《たた》みかけるような言葉に、奈津はパチリと瞬《また》き首を傾《かし》げる。

「どんなって……この、イチゴが載ってるタルトです」

それ以外に何があるというのだろう？

けれど、クロードはその答えに概《おおむ》ね満足したらしい。

「よしよし。ならやろう。ほら、口を開けろ」

その言葉にも唯々諾々《いいだくだく》と従ってしまう。もし拒《こば》んだら、今までと同じように、その最後の一口はあっさりクロードが食べてしまうに違《ちが》いない。

「もっと大きく開くんだ。その程度では入らないぞ？」

確かに、タルトの上のイチゴは大きい。奈津は更《さら》に大きく口を開く。

「いい子だ」

クロードはそう言うと、言葉通りタルトを奈津の口に入れてくれた。口を閉じると、ゆっくりと上唇《うわくちびる》の内側になすりつけるようにフォークが抜《ぬ》かれる。その感触《かんしょく》に、奈津は小さく体を震《ふる》わせた。

口の中のタルトをぎゅっと噛《か》む。途端、口の中に甘酸っぱい果汁《かじゅう》が広がり、カスタードと生地が混ざり合う。

「うまいだろう？」

奈津はあまりのおいしさに陶酔《とうすい》しつつ、こくんと頷《うなず》いた。

ノックの音が響《ひび》いたのはそのときだ。

「っ……は、はい！」

ハッとして、奈津は慌《あわ》てて返事をする。入ってきたのはマリーだったが、用事があったのはまた別の人物らしい。

「マディス様が、殿下《でんか》にご用事があるとのことです」

相手の名前を聞いたクロードは、あからさまにつまらなそうな顔になったが、仕方がないというようにため息をこぼす。

「どうやら仕事のようだ。残念だがここまでにしておこう」

そう言って立ち上がると、奈津を見て何かに気づいたようにひょいと片方の眉《まゆ》を上げた。

「へっ？」

ぐいと頬《ほお》を掴《つか》まれたかと思ったら、端麗《たんれい》な顔が急接近し、唇の端に何やら濡《ぬ》れたものが触《ふ》れる。

「クリームが付いていたぞ」

にやりと笑ってそう言うと、クロードは踵《きびす》を返し、そのまま部屋を出て行く。

呆然《ぼうぜん》とそのうしろ姿を見送っていた奈津は、ドアの横に立っていたマリーが一礼して部屋を出て行ってからようやく我に返った。

そして、バタリとソファに倒《たお》れ伏《ふ》す。

「……なんだよ今のぉおおおお！」

そのまま顔を覆《おお》い、体を丸め身もだえた。

顔といい、耳といい、熱くて仕方がない。

だって、キスされた。端っこだったけど、舐《な》められたことは間違《まちが》いない。その上、おそらくマリーに見られた。

いや、それだけではない。

「欲しいとか、口を大きく開けろとか、もうなんのプレイだよ……」

恥《は》ずかしすぎる。

どうしてあんなことをしてしまったのかと思う。今は後悔《こうかい》している。

タルトは焦《じ》らされたせいもあって最高においしかったが、こうして一人になってみると、やっぱりどうかしていたと思う。

どS怖い。こんなことを繰り返していては、本当に人としてだめになってしまう。

「……フラグとかもうどうでもいい」

とにかく、クロードは危険だ。

もう、逃《に》げよう、と思う。

顔を合わせるからいけないのである。相手は王子という立場なこともあって、会ってしまえば誘《さそ》いを断ることは難しい。いや、ちょっと一人になりたいとか、忙《いそが》しいとか、行くところがあるといった無難な断り文句は駆使《くし》してみたのだが、断れたためしがない。

だから、消極的な策ではあるが、会わないように今まで以上に避《さ》けまくるというのが、結局のところ一番いいのではないだろうか。

幸い他《ほか》のキャラのフラグはもう折れていると見て間違いないと思うし、積極的に関《かか》わっていく必要はないと思う。

問題は、だからと言ってこの部屋に引きこもっていては、今日と同じようにクロードの訪問を受けてしまうということ。そして、自分がこの建物の敷地《しきち》内から出られないということだ。

それでも、クロードの出没《しゅつぼつ》しにくい場所は分かっているし……。

「明日《あした》から、がんばろう」

まるでダイエットを誓《ちか》う女子のようなことを口にして、奈津はぎゅうぎゅうとクッションを抱《だ》き締《し》めた。

◆

「む、むずかしい……」

翌々日の夕方、図書室に置かれたソファに座り、奈津はぺたりと上半身をテーブルに伏せていた。

図書室といっても、別に読んでいる本の内容が難しいというわけではない。悩《なや》んでいるのは、もちろんクロードのことである。

あれから二日間、クロードを徹底《てってい》的に避けまくり、顔を合わせないようにしてきたが、これが思った以上に難しいのである。

もともと、この館《やかた》は一般《いっぱん》の家屋に比べたらはるかに広いとはいえ、城ほどの広さがあるわけではない。中庭を擁《よう》した、少し変形したコの字形の館は、二階建てプラス、空中庭園という造りだ。

さらに、もともとこの館はクロードの持ち物らしく、クロードは建物のことをよく分かっている。

幸いなのはこの図書室が二階建てで、図書室の中に階段が設置されていることだ。中央階段しか上り下りの経路がなかったらもっと早く詰《つ》んでいただろう。

だが、逃げ回るのもさすがに疲《つか》れた。

一体いつまで続ければいいのだろうか……というか、続くのか？　これは？　などとぐるぐる考えていると、扉《とびら》の開く音がした。奈津がハッとして視線を上げると、入ってきたのはカイルである。

なんだ、とほっとして奈津はそのままの体勢で軽く手を上げた。

カイルのほうは、テーブルに突《つ》っ伏《ぷ》していた奈津を見て少し驚《おどろ》いたように目を瞠《みは》ったあと、小さくため息をこぼす。

ゲームで城の図書館はカイルとの邂逅《かいこう》ポイントだった。カイルは騎士《きし》という職業からすると意外だが、本が好きらしい。ならばこの館の図書室でも同じなのではと思っていたら、案の定エンカウント率が高かった。逆に、クロードはここにはほとんど現れないから、奈津としては安心感がある。

奈津の滞在《たいざい》場所がゲームとは違う上に、ある程度限定されているため、ゲーム通りとはいかないが、そんな感じで予測できる部分はある。

この十日でクロードとのエンカウント率が高いと感じたのは、空中庭園と一階にあるサロン、そして中庭である。

思えばゲーム時代も、城の中庭でときどきクロードにエンカウントすることがあった。と言ってもそれは、同じく中庭に現れるカイルの攻略《こうりゃく》が目的で、クロードを攻略していたわけではない。なので、好感度が上がったのか下がったのかなど、あのときは気にしてもいなかったのだけれど……。

もっとクロードのこともいろいろ見とけばよかったなと、今は心から思う。

カイルは奈津が突っ伏したままでも特に話しかけるでもなく、本棚《ほんだな》から本を一冊手に取ると、隣《となり》の椅子《いす》に腰《こし》掛けた。

「殿下の機嫌《きげん》が悪くて皆《みな》困っているようですよ」

「なんで俺に言うんですか？……会ったんですか？」

突然《とつぜん》のクロードの話題に、奈津は半眼になりつつ訊《き》く。

「公務中に見かけただけです。一緒《いっしょ》にいた文官が怯《おび》えていました」

「殿下でもそんなことあるんですね……」

思わずそう呟《つぶや》いた。

いつもにこにことというかにやにやというか、楽しそうにしているイメージなのに。

「ナツさんが逃げ回っているせいですよ」

「――……そんなことないと思いますけど」

はっきり言われて、奈津は濁《にご》すようにもごもごと反論しようとして……諦《あきら》めた。

「まぁ、おもちゃで遊べないからストレス溜《た》まってるのかもしれないですねー」

自分を構っているときの顔を思い出して、ついそんな風に返した。あれだけ楽しそうに弄《いじ》ってくるのだから、間違いなくストレスは発散されているだろう。

「そういうことではないと思いますけど」

苦笑《くしょう》するカイルに、奈津はため息をこぼす。

「カイルさんだって、殿下《でんか》の俺に対する態度見てるじゃないですか」

抓《つね》られ、突《つ》き回され、振《ふ》り回されて、かと思えばとっておきの美味《おい》しいものを持ってきたり、珍《めずら》しいものを見せたり、マイナスもプラスもいちいち全部、奈津の反応を見て楽しんでいる。

「あれはどう見たっておもちゃを見る目です」

「……まぁ、ナツさんがそう思うならそうかもしれませんね」

まったくそう思っていないとわかる苦笑混じりの言葉に不満を感じたものの、奈津はそれ以上の反論は諦めて、もう一度、今度はさっきよりも深いため息をつく。

「とりあえず、俺は殿下に会うのがいやなんです。あ、いや、悪い人では、ない？　と思うんですけど……？」

一国の王子を嫌《きら》っていると思われては不敬だと言われるかもと、咄嗟《とっさ》にフォローする言葉を付け足したが逆に嘘《うそ》くさくなっただけだった。だが、実際は全くの嘘というわけではないのだ。自分でも上手《うま》く説明できないのだが……。

カイルは奈津の言葉に少し驚いたような顔をしたものの、咎《とが》めることはなかった。

「――ナツさんは、殿下との結婚《けっこん》は考えていないいんですか？」

「は？……そんなの考えてるはずないじゃないですか」

思わぬ質問に、目を丸くしたあと、奈津はそう口にする。

「ですが……こういう言い方はどうかと思うかも知れませんが、殿下と結婚すればこの国での身分は完全に保障されますよ」

それはなんとなく、カイルという人物の口から出るには、似つかわしくない言葉のように感じた。微《かす》かな違和感《いわかん》を覚えつつ、奈津は口を開く。

「確かにそうでしょうけど、身分のために男と結婚なんて、俺には考えられないです」

ひょっとしたらそれは、奈津が身分制社会というものを体験としては知らないせいかもしれない。そのために甘く考えているのだと言われれば、否定はできない。自分がこの世界で生きていくことに、なんの後ろ盾《だて》もないという状況《じょうきょう》をいつか嘆《なげ》く日があるかも知れなかった。

それでも、やはり好きでもない、しかも男と結婚なんて、無理だと思う。

奈津の返答に、カイルはしばらく何事か考え込んでいるようだった。

やはり王子に対して不敬だと言われるのか？　と、奈津がハラハラし始めた頃《ころ》になって、ようやく奈津のほうへと視線を向ける。

「もし、ナツさんが望むなら、少しの間私が手助けしましょうか」

「え？」

手助け？　一体何のだろう？

そう思ったのが伝わったのか、カイルはトーンを落とした声で言う。

「殿下から逃《に》げているのでしょう？　もし隠《かく》れ場所に困るようなら、私の部屋に来てもいいですよ」

「え、本当ですか？」

それは願ってもみない提案だ。

「はい。この館で殿下が入ってこないのは、私やセレストが使わせてもらっている部屋くらいのものでしょうしね」

「そうなんですよ……」

カイルの言葉に、奈津はため息をこぼす。

ここには、王子であるクロードの行動を止められる者はいない。

それでも、さすがに個人の私室に入り込むようなことはしないだろう。奈津の部屋にも、訪ねては来るが、いない間に勝手に入っているようなことはない。

――ああ、そうか。

クロードのそういった、最後の一線を越《こ》えないようなギリギリの礼儀《れいぎ》正《ただ》しさというか、育ちの良さが、悪い人ではないと奈津に思わせる部分なのだろう。

断じて、甘い物をくれるからではない。

「じゃあ、いざってときは、お願いします」

「はい。……ああ、よかったら今から来ますか？　どの部屋か把握《はあく》していないのでは」

「あ、そうですね」

確かに一階のあのあたり、というくらいは分かっているのだが、行こうと思ったことがないため、はっきりとは分からない。とにかく部屋の数が多いし、同じ並びにあるセレストの部屋を、うっかり訪ねてしまうようなことがありそうだ。

「じゃあ、行きましょう」

カイルの言葉に頷《うなず》いて、奈津はソファから立ち上がった。

図書室の階段を下りる。ところが階段の半ばで、カイルが足を止めた。

「どう――――」

「失礼」

したんですかと続ける前に、カイルの手が奈津の肩《かた》を掴《つか》んで壁《かべ》に押しつけた。カイルとはかなりの体格差があり、そうされると奈津の体はすっぽりとカイルに覆《おお》い隠されてしまう。

「殿下です」

奈津は驚いて目を瞠った。どうやら、下の階にクロードが来ていたらしい。ひょっとしてクロードに見つからないように、隠してくれたのだろうか。

とは言っても、こんなことをしても、大して距離《きょり》があるわけでもないし、普通《ふつう》に考えたら見つかると思うのだが……。

けれど、それ以上カイルが何をするわけでもなく、むしろ背後の様子を窺《うかが》っているのを見て、奈津も黙《だま》ってじっとしていた。階段の壁は書架《しょか》になっていて、背にした古い本の臭《にお》いが、少しだけ鼻腔《びこう》をくすぐる。

どれくらい経《た》っただろう。おそらく五分もしないうちに、カイルが肩を摑んでいた手を離《はな》した。

「すみません、痛くなかったですか？」

「え？　はい、大丈夫《だいじょうぶ》です。殿下は……」

言いながら階下を見る。どうやら誰《だれ》もいないようだ。

「出て行かれましたよ」

その言葉に頷いて、また一緒に階段を下りる。廊下《ろうか》にも人影《ひとかげ》はない。ほっとしているものの、どこか落ち着かない気分だ。本当に自分がいることに気づかれずにすんだのだろうか？　それは少し不自然な気がした。けれど、事実クロードの姿はない。

そんなことを思ううちに、カイルが足を止めた。そこは、館《やかた》の出入り口に近い部屋の前だった。出入り口に近いということは、当然階段にも近い。ものすごく逃げ込みやすそうだ。

「どうぞ」

「……お邪魔《じゃま》します」

このままここで、夕食までの時間をつぶせるなら助かるな、と考えつつドアの中へと入る。

部屋は、奈津が使っている部屋の半分ほどの広さだった。部屋の奥にはベッドとサイドボード、入り口の近くにはソファセットがあり、窓際《まどぎわ》に机と椅子《いす》が寄せられている。机の上には何冊もの書籍《しょせき》が置かれていて、カイルらしいなと思う。

だが……。

その表紙に書かれている言葉は読めなかった。この国では話す言葉だけでなく書き言葉も、日本語が使える。日本で作られたゲームなのだから、当然といえば当然かもしれないが、文字だけがファンタジーな言語の作品も多いので、その点は正直感謝している。

けれど、その本に書かれているのはまったく見たことのない文字だった。少なくともローマ字や漢字ではない。

「何か気になるものでもありましたか？」

「あ、いえ、これ知らない言葉だなって思って」

奈津がそう言うと、カイルは机にちらりと目をやってわずかに目を見開いた。

「あ、ああ、そうか。……これは外国の本ですから」

「そうなんですか」

正直驚《おどろ》いた。ゲームには、当然だがこの国のことしか情報がない。だが、世界というのはこの国の外にも広がっているのか。

当たり前のことなのに、あまり考えたことがなかった。

なんとなく、ゲームの中は全《すべ》て一つの言葉でできているような、そんな気がしていたけれど、この国以外はゲームの外なのだろうか。

それは、少しどきどきするような事実だった。

「あの、喋《しゃべ》る言葉もやっぱり違《ちが》うんですか？」

カイルは奈津の言葉にパチリと瞬《また》き、それから頷く。

「もちろん、そうです。そうか……ナツさんはこの世界のことをほとんど知らないんですね」

「この国のことは、少しは聞いたんですけど……ほかの国のことはあまり」

カイルは「なるほど」と相槌《あいづち》を打ち、奈津にソファを勧《すす》めた。

「では、夕食までの時間、少しだけ他《ほか》の国の話でもしましょうか」

そう言って、カイルは向かいに腰《こし》掛《か》ける。

他の国のことや、それと比べたときのアリエスのこと、人々の暮らしなどについての話を奈津はとても興味深く聞いた。

それはとても充実《じゅうじつ》した時間であり――――奈津にとっては今後を考える指針になるような時間でもある。

そうして、夕食までの二時間弱を、奈津はカイルの部屋で過ごしたのだった。

夕食後、風呂《ふろ》から出た奈津は、髪《かみ》を拭《ふ》きながらベッドに腰掛ける。

ベッドサイドに置いたランプの灯《あか》りだけが光源の部屋は、光が行き渡《わた》らず薄暗《うすぐら》い。他にも燭《しょく》台《だい》はあるが、寝《ね》る前に消して回るのも面倒《めんどう》だしと、さっさと消してしまっていた。

こんな環境《かんきょう》のせいか、ここに来てから、随分《ずいぶん》と生活が規則正しくなった気がする。

とはいえ、普段《ふだん》ならばまだ眠《ねむ》くなるような時間ではない。風呂からの帰りに廊下に置かれている柱時計を見たけれど、まだ九時を回ったばかりだったから当然だ。

「……クロード、どうしたんだろ」

ぽつりと呟《つぶや》きがこぼれた。

夕食の時間、クロードは食堂に姿を現さなかった。もちろん、クロードにも仕事があり、夕食の席に現れなかったことはこれまでにもあった。

けれど、奈津自身は目にしていないものの、図書室の件からすると、夕飯の二時間ほど前に一度この館に戻《もど》ってきているのだ。

そのあともう一度出かけたというのが、不自然なことなのか、自分が今まで気づかなかっただけでよくあることなのかは分からないけれど……。

図書室のことも少し、気にかかる。

どうしてクロードは図書室に現れたのだろう？　クロードが図書室に来ることはほとんどな

い。だから、あのときクロードが図書室にいたというならばそれはやはり奈津を捜《さが》しに来たのではないかと思う。

「だったらどうして声かけてこなかったんだろ？」

呟いてごろりと寝転がる。

別に声をかけて欲しかったというわけでは断じてない。ただ、なんとなく不自然な気がして……。それとも、やはり見つかっていなかったのだろうか……？

うんうんと唸《うな》りつつ、蒲団《ふとん》に潜《もぐ》り込んだ。

いつもならまだ眠くなるような時間ではないというのに、一日気を張っていたせいだろう。横になった途端《とたん》目蓋《まぶた》が重たくなってくる。

灯りを消さなければ、とそう思ったのを潮に奈津は睡魔《すいま》に身を任せた。


腰《こし》の奥がどろりと重い。

気持ちのいい場所に突《つ》き入れられるように、本能的に腰を揺《ゆ》すってしまう。なんだろう、気持ちがいい。気持ちがよくて、それで……。

息苦しさに、ふと意識が浮上《ふじょう》した。酸素を求めるように開いた唇《くちびる》に、ぬるりと濡《ぬ》れたものが触《ふ》れる。

「ん……っ」

なんだろうと眉《まゆ》を顰《ひそ》め、奈津はゆっくりと目を開けた。

はしはしと瞬きを繰《く》り返す。視界の端《はし》に映るのはオレンジ色の灯りだ。ああ、消すのを忘れてうとうとしてしまったと、そんなことを一瞬《いっしゅん》だけ思ったが、すぐにそれどころではない事態に気がつく。

口を塞《ふさ》ぐものが、ぬるりと唇の内側や舌の表面をなぞった。

「っ……！」

頭を振《ふ》り、身を捩《よじ》るようにしてその感触《かんしょく》から逃《のが》れる。

「なんだ目が覚めたか」

「………クロード……」

自分を見下ろしていたのはクロードだった。

「何…なんで……」

寝起きで回転が鈍《にぶ》い上、混乱のあまり空転するような頭で、奈津は今の状況《じょうきょう》を理解しようと努力する。

けれど、それより先に体は違和感《いわかん》に気がついた。

「あ、何……ひっ」

くちゅりと濡れた音が耳に届く。ひどい違和感は音の根源から湧《わ》き出ている。

「もう少し、じっくりと慣らしてやりたかったが」

「ンッ、なっ、あ……んっ」

体の中で何かが蠢《うごめ》いている。驚愕《きょうがく》に顔を引き攣《つ》らせながら視線を向ける。けれど、思うように体は動かなかった。体の右側を下に横向きで寝ていた奈津の右腕《みぎうで》を、クロードがシーツに縫《ぬ》い付けるように上から押さえている。上半身だけが微妙《びみょう》に捻《ねじ》れた。

「あっ」

ずるりと体から何かが出ていく感覚に、ぞわりと背筋が震《ふる》える。

そうしてようやく、自分は寝ている間に裸《はだか》にされて、体の奥を暴《あば》かれていたのだと気づいた。もっと早く気づけよと、自分の寝穢《いぎたな》さに歯噛《はが》みしたがもう遅《おそ》い。

「やめてください……っ、こんなの乙女《おとめ》ゲーのキャラとして最低ですよ！」

ここまで来れば、さすがに今がどういう状況かは分かる。これはいわゆる、夜這《よば》いというやつだろう。

「うん？　ときどきナツはおかしなことを言うな」

「ちょっ、も、やめ……放せって……ぎゃっ」

強引《ごういん》に俯《うつぶ》せにされて、再び尻《しり》に何かが触れた。そのまま中に突き入れられて、悲鳴を上げる。

「色気のない悲鳴だが、まぁ反応がないよりはずっといいな」

「ちょっ、ひっ、アッ、やだ……っや……ッ」

一体寝ている間に何をされてしまったのか、そこは痛むことも拒《こば》むこともなく何か……おそらくクロードの指を受け入れていた。

しかも、ぬちぬちとかき混ぜられるたびに快感が背中を震わせる。

「俺としたことがまさかカイルに先を越《こ》されるとは……だが、まだ体までは許していなかったようで安心したぞ」

「は……ぃっ!?　あっ、あ……んっ！」

中を擦《こす》られるたびに、高い声がこぼれてしまうのが恥《は》ずかしい。だが、今の話は聞き捨てならない。

カイルに先を越された？

「何、言って……っ、あ、も、そこダメ……ぇ」

「そんなにかわいい声でダメと言われてもな……ほら、ここが気持ちいいんだろう？」

「ひっ……あっあっ、やぁっ」

ぐりぐりと一点を重点的に攻《せ》められて、腰をくねらせる。そういうところが体の中にあるというのは知識として知っていたが、ここまで気持ちのいいものだとは思わなかった。それとも自分の体がおかしいのだろうか。

「ンッ、ぐ、ぐりぐりしない……でっ……ひっ、あっ、あっ」

奈津の言葉にまるで構わず、むしろ指の動きは激しくなる。

ぬるつく場所をかき混ぜるたびにくちゅくちゅと音がして、そこがもう知らない間に濡らされて、どろどろになっていたことを思い知った。

「ぐりぐりして、の間違《まちが》いじゃないのか？」

「ちが……ぁっ、あっ…あぁ……だめ……っ」

「きゅうきゅう締《し》めつけて、そんなに気持ちがいいのか？」

「よくな……よくな…いぃ…っ！」

嘘《うそ》をつくなというようにぎゅっと押されて、シーツに額を擦りつけるように頭《かぶり》を振る。けれど、言葉の内容とは裏腹に、声は自分でも恥ずかしくなるくらい蕩《とろ》けきっていた。

「なんで…こんな……んっ」

ずるりと指が抜《ぬ》かれ息を詰《つ》めると、今度は仰向《あおむ》けに転がされる。無駄《むだ》に広いベッドが憎《にく》い。これがシングルベッドだったらもう床《ゆか》に落ちているだろう。

「ちょっ……」

なんとか起き上がろうと肘《ひじ》を突くと、クロードがズボンの中から自分のものを取り出すのが視界に入った。

まさかという思いと、いやそれ以外ないだろうという思いが脳内で点滅《てんめつ》し、咄嗟《とっさ》に奈津はその場から逃《に》げ出そうとした。

だが、膝《ひざ》を立てた途端《とたん》、足首をがしりと摑《つか》まれた。

「どこに行く気だ？」

「ここじゃないどこかだよ！」

「そんなことを許すと思っているのか？」

言いながら、身を乗り出すように覆《おお》い被《かぶ》さってくる。足首は摑まれたままで、ぐっと高い位置まで持ち上げられた。片足だけを高く上げられて、足の間が全《すべ》て丸見えになってしまう。

「やっ、やめ……放して……っ」

「ああ、随分《ずいぶん》と気持ちよかったようだなあ？」

「ひぁっ」

イッてこそいないけれど、とろとろと先走りを零《こぼ》している場所を膝でぐりりと刺激《しげき》されて、引き攣ったような悲鳴がこぼれた。

「ほら、ぐちゃぐちゃだ」

「っ……」

煽《あお》るような言葉に、カッと頰《ほお》が熱くなる。

けれど、それは事実だった。散々中を弄《いじ》られたとはいえ、逆に言えばそれだけだ。それでこんなふうになってしまっている自分が、たまらなく恥ずかしい。

「ここも」

「あっ」

ついさっきまで広げられていた場所を、指で上下に擦られる。それだけで簡単に指が潜《もぐ》り込んできた。

「いい感じに緩《ゆる》んでいるな」

すぐに指は抜かれたけれど、もう片方の足もぐっと持ち上げられて、そのままクロードがのしかかってきた。ぬるつく場所に、もっと別の、太くて熱いものが押しつけられる。

「や、だ……それ、や……」

ゆるゆると奈津は頭を振った。それがなんなのかなんて、考えなくても分かる。

さっきちらりと見えたものが、脳裡《のうり》をよぎる。

「あ……なの、入らな……」

自分のものより二回りくらい大きかった気がする。あんなのが体の中に入るなんて、どう考えても物理法則を無視しているように思えてならない。

けれど……。

「そんなに怯《おび》えられると、我慢《がまん》できなくなるな」

「ひっ……や…ぁっ」

押しつけられて、そこが開いてしまう。どろどろに濡《ぬ》れた場所は、拒むこともできずにゆっくりと広がっていく。

「だ……ダメ……っ……やだ、やだ……あっ」

指では届かなかった深い場所まで、男の形に広げられていくのが分かる。もういっぱいだと思うのに、さらに奥まで入り込んでくる。

「ほら、もう全部入ったぞ」

「っ……あ……や……抜いて……も、抜けよ……っ」

じたばたと暴れようにも、中にあんなものが入っているのだと思うとどう動いていいかわからなかった。

「仕方ないな」

クロードは意外にもそう言うと、ゆっくりと腰《こし》を引き始める。

けれど、ようやく出て行ってくれるのかと思った瞬間《しゅんかん》……。

「あああ……っ！」

「抜くと思ったか？」

今までのゆっくりとした動きが嘘のような激しさで奥まで一気に入れられて、奈津はぐっと背中を反らせた。

「ひど……や、やぁっ、あっ、あっ」

そのまま何度も何度も抜き差しを繰《く》り返される。

痛みはない。それどころか、太いもので先ほどの場所を擦られて、ぶるりと腰が震えた。

「ナツの体は物覚えがいい」

楽しげに言うクロードに、そこを執拗《しつよう》に擦られて、ぞわぞわと背筋を快感が這《は》い上がる。

「あ、あっ…あぁ……も、や……ぁっ」

クロードが腰を動かすたびに、接合部分からぐちゅぐちゅといやらしい音がした。

こんなふうにされて嫌《いや》だと思っているのに、体は確かに快感を覚えてしまっている。それがたまらなく嫌なのに、嫌なはずなのに……。

気持ちのいいところを擦られると、頭が真っ白になったみたいな気がして、何も考えられなくなる。

けれど、いくら気持ちがいいといっても、先走りを零している場所に直接触《ふ》れられているわけではない。

ただただ快感だけが腰の奥に溜《た》まって、ぐるぐると出口を探しているようだった。

苦しい。絶頂の手前でずっと放置されているようなものだ。

耐《た》えきれず、奈津の手が足の間へと伸《の》びる。だが、その手はクロードに掴まれてしまった。

「こら、だめだろう？」

「や…ぁ、も…っ…なんで……ッ」

もどかしさと、見咎《みとが》められた羞恥《しゅうち》にまた涙《なみだ》がこぼれる。クロードはそんな奈津の顔の横に両手を押さえつけて、囁《ささや》くように言った。

「勝手に気持ちよくなろうなんて、許さない。欲しいものがあるなら、ちゃんと『欲しい』と言えと教えただろう？」

クロードの目はどこか冷ややかだ。怒《おこ》られているのだとわかって、奈津は体を震《ふる》わせる。なんで自分が怒られなければならないのかとそう思うのに……。

「何が欲しい？」

「あ……」

快感に蕩けた奈津の脳裡に浮《う》かんだのは、真っ赤なイチゴの載《の》ったタルトだった。口の中で潰《つぶ》れて、甘い果汁《かじゅう》を零した果実、それと混ざり合った甘いタルトの味を、奈津ははっきりと覚えていた。

何が欲しいか、ちゃんと言えれば……。

ちゃんと言えば、もらえる。それを奈津はもう知っていた。震える唇《くちびる》がゆっくりと開く。

「い、イカせて、欲しい……」

羞恥のあまり体温が上昇《じょうしょう》したような、そんな気さえした。

なのに……。

「別に禁じていないだろう？」

言いながらゆっくりと円を描《えが》くように腰を動かされて、奈津は息を呑《の》む。それからもどかしく頭を振《ふ》った。

「そ、じゃなくて……」

そんな返答が欲しかったわけではない。

——どんなタルトだ？

そう訊《き》かれたことを思い出す。詳《くわ》しく、言わなければならない。

思った途端《とたん》、唇から言葉がこぼれ出していた。

「触《さわ》って……俺の——に、触って、それでい、イカせて欲しい…っ」

羞恥に燃えるように頬が熱い。けれど……。

「よしよし。よく言えたな」

クロードは蕩《とろ》けるような笑《え》みを浮かべてそう言うと、奈津の額にキスを落とした。

褒《ほ》められて、ほっと胸に安堵《あんど》が広がる。いや、広がったのは安堵だけではない。震えるような歓喜《かんき》と、期待が奈津の胸を弾《はず》ませる。

「ああ、ますますとろとろになっているな」

「あ、あ…ッ……」

くちゅりと音を立てて下から上へと撫《な》でられて、膝《ひざ》がびくりと震える。

先ほどまで摑まれていた膝裏は、すでに自由になっている。ゆっくりと指が動くたびに、クロードの腰をぎゅっと挟《はさ》み込んでしまう。

それと連動するように、クロードのものが入り込んだままの中を締《し》めつけた。

「そんなに欲しかったのか？」

「ん、あっ、ほ、し……ぃっ」

クロードの言葉に、奈津はもう半ば無意識に答える。

直接的な快感は確かに待ち望んでいたものだったけれど、まだ足りない。触れている手に擦《こす》りつけるように、腰が勝手に動いてしまう。そうすれば当然、中に入っているクロードのものも動くことになる。

「ひ、あっ、あ、あ」

途中《とちゅう》からは、もうどっちが気持ちよくて腰が揺《ゆ》れてしまうのか分からなかった。

何かに縋《すが》りたくて、自由になっていたほうの腕《うで》を肩《かた》に回そうとしたら、押さえつけられていたほうの手も離《はな》される。奈津はそのまま両腕で、クロードの肩に抱《だ》きついた。

揺さぶられて、気持ちがよくて、ひっきりなしに高い声を零《こぼ》して……。そうしてやがて訪《おとず》れた絶頂と同時に、奈津は意識を失った。


目を覚ますと、室内はまだ暗かった。

ベッドサイドのランプは消されて、カーテンの隙間《すきま》からこぼれる月明かりだけが、唯一《ゆいいつ》の光源である。

そんな中、自分以外の人間の寝息《ねいき》が聞こえて、奈津はハッと目を見開いた。

目が慣れるのを待って、そっと体を起こす。

隣《となり》には気持ちよさそうに眠《ねむ》っているクロードがいて、奈津はげっそりとした気分でそう呟《つぶや》いた。

「最悪……」

同時に、意識を失う前のことが一気に思い出されて、頭を抱《かか》える。

夜這《よば》いをかけられて拒《こば》めなかったどころか、最終的には自分から求めるようなことを口にして……。

怒《いか》りもあるけれど、それ以上に恥《は》ずかしくて、惨《みじ》めで……悲しい。やりきれないような気分だった。

どうしてこんなことになってしまったのだろう。いや、確かに十八禁の世界だってことも、自分が攻略《こうりやく》対象として認識《にんしき》されてしまっていることもわかってはいた。

けれど、こんなふうに夜這いをかけられて最後までされてしまうなんて、考えてもみなかったのである。

とにかく自分がとんでもないルートに入ってしまったことは間違《まちが》いない。

どこで間違えたのだろう？　クロードを避《さ》けたのがいけなかったのだろうか？　いや、カイルがどうとか言っていたから、カイルと図書室にいたのがいけなかったのか。

だが、そんなことを思ってひどい自己嫌悪《けんお》に苛《さいな》まれつつも、奈津には一つ確認しなければならないことがあった。

すやすやと眠るクロードと自分に掛《か》かっている上掛けを、そっとめくる。

「……やっぱり」

奈津の体からは聖女である印の痣《あざ》が消えていた。そして、クロードの体にははっきりとその印が浮かびあがっている。

思った通りの状況《じょうきょう》に、奈津はため息をこぼした。

けれど、考えようによっては悪いことばかりではないと思う。

いや、状況的にはもちろん最悪だが、自分は力を失い、その力はクロードのものになった。

つまり自分はすでに用なしになっているわけで、もうここにいなければならない理由もない。

——今なら……。

奈津は、できる限りベッドを揺らさないように気をつけて、そっとベッドからおりた。月明かりだけを頼《たよ》りに、クローゼットを開けて服と靴《くつ》を手に寝室《しんしつ》を出る。

ドアを静かに閉めると、だるい腰《こし》に舌打ちしたいような気分で服を身につけた。幸いと言うべきか、体のほうはきれいにされていて、服を着るのに支障はない。まだ奥のほうは何かが挟まっているような変な感覚がしたけれど……。

そうして、奈津は足音がしないように靴を手に持ったまま、そっと部屋を出たのだった。

◆

「ナッ！　おかわり頼《たの》めるか？」

「はーい！」

「あ、こっちにも一杯《いっぱい》！　あとシチューも！」

「わかりましたー！」

大声で告げられる注文に、こちらも大声で答えて厨房《ちゅうぼう》との間にあるカウンターへ向かう。店内はカウンター席も、五つあるテーブル席もすべてが埋《う》まっていた。

「ニックさん」

「はいよ」

何か言う前に、シチューがゴトンとカウンターに置かれる。

ニックはこの食堂、琥珀亭《こはくてい》の主人であり、料理人だ。黒髪《くろかみ》で、どちらかというと強面《こわもて》だが、木訥《ぼくとつ》で親切な人柄《ひとがら》をしている。その間にゴブレットにエールを二杯注《はいつ》いでくれたのは、ニックの妻であるフローラだった。こちらは赤毛の、少しふくよかだがチャーミングな女性で、明るい笑顔に癒《いや》されている客も多い。二人の年齢《ねんれい》差は一見ニックのほうが五つも六つも年上に見えるが、実際はフローラが二つ上である。

ゴブレット二つとシチュー皿をまとめて持ち、運ぼうと振《ふ》り返ったところで店のドアが開く。奈津はそちらを見ると「いらっしゃいませー」と声をかけた。

――城を出て、十日。ここで働き始めてからは八日が経《た》つ。

たった八日ではあるが、思ったよりも早く奈津はこの生活に順応しつつある。

あのあと、奈津は『力は確かに渡《わた》しました。俺の役目はすんだので、捜《さが》さないでください』と書き置きをし、カイルの手を借りて城を――王都を出たのだ。

カイルが助けてくれるかは一種の賭《かけ》だったが、すでに力が無くなったことを説明し、どうしてもここを出たいと説得した。

もちろん、カイルが協力したと思われるわけにはいかない。カイルはわずかではあったが路銀を用意してくれて、乗合馬車の発着場と乗り方を教えてくれた。奈津はカイルが門兵の気を惹《ひ》いてくれた隙《すき》に門を潜《くぐ》り、そのまま城を出たのである。

言われた通り適当な乗合馬車に乗り、一晩を馬車の中で過ごした。そうして次の日の夕暮れどきに、街道《かいどう》沿いのこの街、コルニオに着いたのだ。

この街に着いたときの気持ちは、なんとも言いようのないものだった。

本当にあったのか、というのが一番近いかもしれない。

自分の知っていたゲームという箱庭のような場所の外に、ちゃんと世界があったことに驚《おどろ》きと戸惑《とまど》いがあったし、不安と興奮がない交ぜになり、目眩《めまい》がしそうだった。

正直、何も考えていなかったけれど、この国の中ならば、言葉も通じるし字の読み書きもできる。それだけでも希望はあるだろう。

それに、なんとかなるか分からなくとも、城を出ると決めたのは自分だ。なんとかするしかない。

貰《もら》った路銀は尽《つ》きていたから、多少の罪悪感はあったものの、これくらい迷惑料《めいわく》として貰ってもいいだろうと、城から着てきたシャツと靴を売った。その金で安いけれど丈夫《じょうぶ》そうなシャツと靴を買って着替《きが》え、二食分抜《ぬ》いたせいで空腹を訴《うった》える腹を宥《なだ》めようと、目についた食堂に入った。その食堂こそが、今こうして働いている琥珀亭である。

仕事がないのだけれどどうしたらいいか、仕事を斡旋《あっせん》してくれるような場所はあるかと店主であるニックに相談したら、琥珀亭で働かせてもらえることになったのだ。

ちょうど、先日まで働いていた子が田舎《いなか》に帰って、新しい従業員を探していたところだったらしいが、相当びっくりした。それでも、願ってもみない話だったことに違《ちが》いはない。二つ返事で引き受けた。

最初の二日は宿に泊《と》まったが、信用されたのか、フローラがニックに言ってくれたのか、現在は店の二階の部屋を間借りしている。ニックが独り身だった頃《ころ》はここに住んでいたらしいが、フローラと結婚《けっこん》してからは家を買い、ここには通いできているのだという。水場やトイレといった関係は店のものを使っていいと言ってもらっているし、風呂《ふろ》は公衆浴場を使えるから不便はない。ただ、琥珀亭の営業時間が昼から夜までということもあって、風呂にいけるのは朝になるのだが。

常連客はみんな、ふらりと現れた奈津を雇《やと》ったニックとフローラに、人が好《い》いにもほどがあると言っていたけれど、この頃は奈津にも気安く話しかけてくれるようになっていた。

この国の人間が親切で、本当によかったと思う。

おかげで、こうして無事に生活できているし、自分の貞操《ていそう》もこの人達を守るために消費されたと思えば、まぁもういいやしょうがないという気持ちにもなれる。

――二度とごめんだとは、思うけれど。

日本にいたときとも、城にいたときとも、まったく違う生活は新鮮《しんせん》で、疲《つか》れるけれど悪くはない。立ち仕事に慣れていないから、夕方以降はまだ足が痛いけれど、大声を出すというのが、なかなか気持ちのいいことだと気づいたし、思ったより自分の記憶《きおく》力が悪くないことも分かった。

それに、仕事が忙《いそが》しく、夜には疲れ果ててすぐ眠ってしまうから、見知らぬ世界に一人だという淋《さび》しさや不安に浸《ひた》っている時間もない。そのことは正直ありがたかった。

ただ……。

「そういやぁ、王子様はいよいよ出立なさるらしいなぁ」

「ああ、聞いた聞いた。これで安泰《あんたい》ってもんだ」

客の話し声に、奈津はびくりと肩《かた》を揺《ゆ》らす。片付けようとしていた食器が、かちゃんと軽く音を立てた。

時折客の口から出る、王子や聖女の話には、ついつい身が竦《すく》んでしまう。

それというのも『王子が聖女を捜している』という話が聞こえてくるようになったためだ。

もっとも、世間では聖女は文字通り女だと思われているはずだから、自分が疑われる心配はないはずだが……。

ただ、どうして捜しているのかが本当に謎《なぞ》で、それが怖《こわ》い。

力が手に入ったことは、クロードが自分の体を見ればすぐに分かったはずだ。

「――――だったら、俺にはなんの用もないはずなのに……」

ぽつりと落ちた呟《つぶや》きは、騒《さわ》がしい店内にすぐに紛《まぎ》れた。

翌々日のことだ。

「小麦粉と、塩と……あと……わっ」

頼まれたものが全《すべ》て揃《そろ》っているかを確認《かくにん》しつつ、食堂を目指して歩いていた奈津は、角から走り出てきた男にぶつかった。

「すみませんっ」

「気ぃつけろよ」

男はそれだけ言うと、そのまま去って行く。進行方向は同じだったが、よほど急いでいるのかその背中はみるみる遠ざかっていった。

今は午後の三時を過ぎたあたりで、店は一旦《いったん》落ち着く時間帯だ。この間に夕食の仕込みをして、夕食時の一番忙しい時間に備えることになる。奈津は、足りなくなった食材を、ニックに言われて買いに出てきていたのだが……。

「なんか、今日はやたらと人が多い気がするな」

この時間帯ならば、いつもはもう少し人通りが少ないのだが、なんとなく様子がおかしい。よくよく見れば人の流れは一定方向に、つまり、奈津の向かうのと同じ方向へ流れているようだ。

まさか火事かなにかの事故でもあったのかと少し不安になったが、通りを行く人の表情に悲《ひ》愴《そう》なものはない。むしろ、興奮気味に、あるいはやや嬉《うれ》しそうに見える。

そんなふうに思っていると、その中に一人、見慣れた顔を見つけた。

「ハンスさん！」

「ん？　ああ、ナツか。お使い？」

奈津の声に足を止めたのは、琥珀亭の常連客であるハンスだ。中肉中背、眼鏡をかけた、人のよさそうな三十代半ばの男である。

「そうなんですけど……あの、何かあったんですか？」

奈津の問いにハンスは一瞬《いっしゅん》きょとんとしてから、にこりと笑う。

「なんだ、知らないのか。ドラゴン退治に行く王子様御《ご》一行《いっこう》がこの街を通るっていうんで、みんな一目見ようと門に向かってるんだよ」

「えっ⁉」

「おっと」

ぎょっとして、思わず荷物を取り落としそうになったのをハンスが慌《あわ》てて支えてくれる。

「あ、すみません」

咄嗟《とっさ》に謝罪して抱《かか》え直したものの、頭の中はまだ呆然《ぼうぜん》としたままだった。

――王子一行がこの街を通る。

それは、つまり、クロードが通るという意味で……。

「一緒《いっしょ》に行くか？」

「いっ、いいえ！」

思わず大声で否定した奈津に、ハンスは驚いたような顔になった。

「あっ、す、すみません。お、俺……店に戻《もど》らないといけないんでっ……失礼します！」

わたわたと狼狽《うろた》えつつもそう言うと、奈津は一目散に走り出す。

人の流れるほうに行くのは不安だったが、ハンスの話では目的地は門だということだったし、きっとまだ街には入ってきていないはずだ。琥珀亭に戻りさえすればきっと大丈夫《だいじょうぶ》だろう。

琥珀亭は大通りを一本入ったところにある大衆食堂であり、クロードたちが利用するとは思えない。他《ほか》に宿のついた高級な店が幾《いく》つもあるから、きっと行くとしたらそちらだろう。

そんなことを考えつつ琥珀亭の裏口に飛び込むと、厨房《ちゅうぼう》にいたニックが驚《おどろ》いたように顔を上げた。

「どうした？」

「い、いえ。なんでもないです」

頭《かぶり》を振《ふ》って、買ってきた食材を調理台の上に置く。

「あれ？　フローラさんは……」

いつもならば、帰ってきた奈津に真っ先に声をかけてくれるフローラの姿がないことに気づいて、奈津はきょろりと店内を見回す。

よく見ると、店内にはフローラどころか客の姿もない。客の少ない時間帯とは言え、いつもなら一組か二組くらいはいるのだが……。

「出かけた」

その言葉にピンと来るものがあって、奈津はおそるおそる口を開く。

「……ひょっとして、殿下《でんか》を見に？」

奈津の問いに、ニックは頷《うなず》いた。

ということは、客がいないのもおそらく同じ理由だろう。テーブルに空いた食器が載《の》ったままなところからして、客と一緒に出ていったのかもしれない。

まさかクロードが通るというのが、そんな一大イベントなのかと、正直驚いた。

「行ってきてもいいぞ」

「えっ」

「客もいないしな」

せっかくの申し出ではあったけれど、当然ながら奈津は首を横に振る。

「興味ないので、大丈夫です！」

はっきりと言い切った奈津に、ニックは不思議そうな顔をしたが「そうか」と言って頷いただけだった。

突《つ》っ込まれなかったことにはほっとしたが、やはりどこか落ち着かない。

クロードが近くに来ている。

そう思うと、ひどく落ち着かない気分だった。もちろん、会う気はないし、見つかりたくないと思う。見に行かないと言ったのは間違《まちが》いなく本心からだ。

けれど、一つだけ気になっていることがある。

どうして、自分を捜《さが》しているのか。

『聖女』の顔を知るものは限られている。もしも、ドラゴンを退治したあとに『聖女』をお披《ひ》露《ろ》目《め》する予定だったとしても、代役を立てればすむ話だ。

奈津である必要はどこにもない。

なのに、どうして……。

そんなことを考えながら、奈津はテーブルの上の食器を片付けた。

◆

「────ッ、ナツ！」

「あっ、は、はい！」

名前を呼ばれて、奈津は慌てて振り返った。そこには少し呆《あき》れたような顔をしたフローラが立っている。

「注文、呼ばれてるわよ？」

言われて店内を見れば、客が片手を上げたまま不思議そうにこちらを見ていた。

「すみません、行ってきます！」

奈津は慌ててテーブルへ向かう。

「ナツがぼんやりしてるなんて珍《めずら》しいな」

「すみません」

客の言葉に慌てて謝ると、相手は気にするなと言うように手を振った。

「エール二杯《はい》と、臓物の煮込《にこ》み。あと、パイを二切れ頼《たの》むよ」

「ありがとうございます！」

そう言って、注文を厨房へと伝えると、煮込みの皿とエールの入ったゴブレットを受け取って運ぶ。パイが出てくるのをカウンターの脇《わき》で待ちながら、そっとため息をついた。

――一昨日《おととい》の朝のことだ。

公衆浴場に向かった奈津は、いつも通り湯に浸《つ》かってから、自分の体の異変に気がついた。

下腹に、例の痣《あざ》が浮《う》かびあがっていたのである。

ぎょっとして、そのときは慌てて風呂《ふろ》を出た。帰宅後にもう一度じっくり確認《かくにん》したが、間違いなくあの痣だったし、それは今朝確認したときも間違いなくそこにあった。

しかし、原因がわからない。

どうして痣は戻ってきたのだろう？

ひょっとして、クロードが死んだのか？

もちろん、死んだら戻るという話はゲームにはなかった。そういったエンディングは用意されていなかったはずだ。

一体どういうことなのか？　それがわからず、奈津はこの数日間、悶々《もんもん》として過ごしていたのである。そのせいでつい、意識が散漫《さんまん》になってしまったのだった。

とはいえ、今は仕事中なのだから、きちんと切り替《か》えなければ。

そんなことを思いながら、客のいなくなったテーブルに、皿を下げに行ったのだが……。

「えっ？　今なんて？」

汚《よご》れた皿を重ねていた奈津は、背後で聞こえた乾杯《かんぱい》の音頭《おんど》に、ハッとして振り返る。

奈津の反応に、常連客達は少し驚いたようだったが、すぐ楽しそうに笑い出した。

「王子のドラゴン退治成功に乾杯って言ったのさ」

「そうそう！　めでたいことだからなぁ！」

「だからってそんなに飲んだくれてると、また明日《あした》使い物にならなくて親方さんに怒《おこ》られるわよ」

口々に言う男達に、フローラがそう笑いながら突っ込みを入れる。

そんな楽しげな会話の横で、奈津はひたすら呆然《ぼうぜん》としていた。

――ドラゴン退治成功。

その言葉をどう処理していいかわからなかった。

話が本当なら、クロードが死んだということはないのだろう。もし、退治はしたが、クロードは死んだというなら、もっと違う話として伝わってきたのではないかと思う。

ならどうして痣が？

「あっ」

そんなことを考えつつ、手にした食器を運ぼうとして、奈津は皿の上にあった小鉢《こばち》を一つ、落としてしまった。

「す、すみません！」

近くにいた客やフローラにそう謝罪して、破片《はへん》が誰《だれ》かに当たっていないかをフローラと一緒《いっしょ》に確認した。

幸い、怪我《けが》をした人間はいなかったようだ。

床《ゆか》を片付け終わる頃《ころ》には、店はいつもと同じざわめきを取り戻《もど》していた。


「今日はすみませんでした……」

最後の客を見送ったあと、小さくなって頭を下げた奈津に、フローラが苦笑《くしょう》する。

あのあと夕食時に、注文の聞き間違いもしてしまい、さすがに落ち込んでいた。ミスをしたことは今までもあったが、一日のうちに何度もというのは、ほとんどなかったというのに……。

「何か悩《なや》みごと？」

「え？」

てっきり怒られると思っていた奈津は、その言葉に驚《おどろ》いて瞬《またた》く。

「一昨日くらいから少し、上の空だったでしょう？」

そう言われて、どきりとした。

「すみません……」

「謝らなくていいけど、もし何かあるならいつでも相談してちょうだい」

フローラは奈津に理由を話す気がないことが分かったのか、それ以上追及《ついきゅう》はせず、そうやさしい言葉をかけてくれた。

「――ありがとうございます」

奈津は申し訳なさに俯《うつむ》いて、ごまかすように掃除《そうじ》を開始する。フローラのやさしさに応《こた》えられない自分が恨《うら》めしかった。

だが、さすがに言えるはずもない。

今日ミスした理由も、一昨日から注意力が散漫だった理由も……。

そうこうするうちに掃除も終わり、フローラとニックは仲良く帰っていく。

二人を見送って内側から戸締《とじ》まりをすると、奈津はトイレを使ってから歯を磨《みが》いた。それからランプ一つを除いて灯《あか》りを落とし、裏口から外へ出る。戸締まりをして二階へと続く外階段を上がった。

少し急な階段を上り終えれば、そこには屋根付きの短い廊下《ろうか》があり、ドアが二つ並んでいる。奥は物置で、手前が奈津の使っている部屋だった。

ドアにつけられた錠前《じょうまえ》に、鍵《かぎ》を差し込んで外す。ドアを開けると中に入り、すぐに閂《かんぬき》を下ろした。錠前はなくさないようにドア横に打たれた釘《くぎ》に引っかける。他《ほか》に用途《ようと》のない釘だから、きっとニックもこうして使っていたのだろう。

室内は壁際《かべぎわ》にベッドが置かれ、その他には書き物机と椅子《いす》、そしてクローゼットがある。それでもういっぱいだ。一人暮らしの自分の部屋はこんな感じだったなと思うサイズ感である。ただ、体の大きなニックが使っていたからか、ベッドだけはセミダブル程度の大きさがあり、なかなかに快適だ。

入ってすぐの場所で靴《くつ》を脱《ぬ》ぎベッドへと向かう。この国は室内も靴を履《は》いて過ごす文化だけれど、自分の暮らす場所くらいは裸足《はだし》で過ごしても問題ないだろう。やはり、長年の習慣は簡単には直らない。

枕元《まくらもと》のフックにランプを引っかけて、服を着替《きが》える。狭《せま》い室内なので、これだけでも結構明るい。本を読んだりするのは難しいかもしれないけれど、あとは寝《ね》るだけだから問題はない。着替えの途中《とちゅう》、下腹を覗《のぞ》き込めば当然のようにそこには痣が浮かんでいた。

一つため息をついて、ベッドに潜《もぐ》り込む。ふっと息を吹《ふ》きかけて火を消すと、部屋の中は真っ暗になった。

今夜は曇《くも》り空らしく、月明かりも入ってこない。

暗いままの室内にじっと目をこらしつつ、奈津はぼんやりと考える。痣のこと、クロードのこと、ドラゴンのこと……。

もちろん、ドラゴンが無事に退治されたことは喜ばしいと思う。

今となっては、ここは自分の暮らす国でもあるわけだし、親しくしてくれる人間もいる。国が救われたのはいいことだ。

クロードが生きていたことに関しては……正直ほっとした。

自分でも意外だったが、酷《ひど》いことをされたとはいえ、やはり死んでしまえばいいとまでは思えないからだろうか。

分からない。ただ、ほっとした。それだけだ。それ以上でもそれ以下でもなく。

けれど、そうなるともっと分からないのは痣のことだった。

どうして戻っているのだろう？

「ひょっとして……」

ドラゴンを倒《たお》したから？

そんなこと、あり得るだろうか？

……分からない。

ゲームだったら、全部分かっていた。攻略《こうりゃく》サイトなんてネットで調べればいくらでもあって、パラメーターの上がり下がりも、選ぶ台詞《せりふ》も、行くべき場所も全部、全部……。

けれど、ここはもう自分の生きる世界だった。

分からないことが分からないまま過ぎていくことなんて、生きていたら普通《ふつう》だ。

とりあえずドラゴンは退治されて、クロードは生きている。分からないことはあるけれど、考えても分からないものは仕方がない。

そう思って目を閉じる。眠《ねむ》りはすぐにやってきた。

三日後のことだ。

その日は朝からいい天気で、ここ数日のからっとしない空模様が嘘《うそ》のようだった。

そんな陽気のせいだろう。エールの売れ行きもいつもよりよくて、昼どきには店の外にまで椅子を並べた。

これは夜も忙《いそが》しいのかなと、そんなふうに思ったのだが……。

昼どきの混雑が終わって、客足が一旦《いったん》引いた途端《とたん》、店を閉めると言われて驚いた。

「えっ、休業ですか？」

「そうだ」

それだけ言って頷《うなず》いたニックをフォローするようにフローラが、昼にあまりに売れ行きがよかったせいで、エールの樽《たる》が空になってしまったからだと説明してくれる。

「酒屋が来るのは明日になるからね。今日はもう店じまいよ」

確かにエールが切れたとなれば多少問題ではあるだろうが、葡萄酒《ぶどうしゅ》や蒸留酒はあるのだし、店を閉めるほどの理由ではないようにも思える。

そんなことを思って首を傾《かし》げていると、フローラがエプロンを畳《たた》みながら奈津を見た。

「それで、よかったらこのあとちょっと付き合ってくれるかしら？」

「あ、はい」

奈津からしてみれば今はまだ就業時間だ。雇《やと》い主にそう言われて断る理由はなかった。ひょっとして、このあと付き合う何かこそが、閉店の本当の理由なのかなと思ったけれど。

「あの、でもまだ片付けが」

「そんなのニックがしてくれるから。ほらほら急いで。時間がないわ」

いいのかなと思いつつニックを見れば、返ってきたのは頷きだけだ。どうやらニックも承知のことらしい。

ならば仕事の関係か荷物持ちあたりなのだろうと、特に深くは考えずに奈津もエプロンを取り、フローラと共に琥珀亭を出た。

やはり陽気のせいなのか、いつもより人の多い道をフローラと並んで歩く。

足取りに迷いはなく、どうやら目的地は決まっているらしい。

「どこに行くんですか？」

「もうちょっと行けば分かるわ」

にこにこと楽しそうに言うフローラに、重ねて尋《たず》ねるのも気が引けて、奈津は曖昧《あいまい》に頷く。

「ナツがうちに来てから、もうどれくらいだったかしらね？」

「えと……もう少しで二十日くらいでしょうか」

正確な日付はわからなかったが、おおよそそれくらいだと思う。

「なんだか、もっとずっと一緒《いっしょ》に働いてくれてる気がするわ。真面目《まじめ》だし、物覚えもいいし、わたしもニックもすごく感謝してるのよ」

「あ……ありがとうございます」

なんだか改まって言われて、面映《おもは》ゆい気分で俯いた奈津に、フローラがくすくすと笑う。

「俺のほうこそ、あの、正体もしれない俺を雇ってくれて、住む場所も与《あた》えてもらって、すごく感謝してます」

「まぁね、正直、最初は少し思うところがなかったわけじゃないけど、ニックの人を見る目は確かだし――――ああ、でも勘違《かんちが》いしないで。わたしだってナツが悪人かもしれないだなんてことは少しも思わなかったわ。ただ、ひどくくたびれて、少しやけっぱちになっているみたいだったから、それで大丈夫《だいじょうぶ》かしらって思ったのよ。杞憂《きゆう》だったけれどね」

フローラの言葉に、思わず苦笑《くしょう》がこぼれる。

くたびれてやけっぱち。本当に、あの日の自分はその通りだっただろうと思ったからだ。

「おーい、フローラ！」

不意にフローラを呼ぶ声がして、奈津もそちらを見る。

大通り沿いに随分《ずいぶん》と人が集まっているようだ。呼んだのは何度か店で顔を見たことのある男だった。なんだか似たようなことが前にもあった気がする。そう思った途端、いやな予感に心臓が跳《は》ねた。

「二人で来たのかい？　ニックは？」

「ニックは店よ」

話をしながら、男は二人を通りのよく見える場所へと引き込んでくれる。

「間に合ってよかった。もうすぐだって話だ」

男の言葉に、フローラが微笑《ほほえ》む。

「あ、あの、何が……」

何が始まるのかと、そう訊《き》こうとした奈津の声が、突然沸《とつぜんわ》き起こった歓声《かんせい》にかき消された。

「殿下《でんか》ー！」

「ありがとうございましたー！」

口々に叫《さけ》ばれる言葉に耳を疑う。

「……殿下？」

奈津の頭の中に、十日ほど前の出来事が蘇《よみがえ》ってきた。

――ドラゴン退治に行く王子様御一行《ごいっこう》がこの街を通るっていうんで、みんな一目見ようと門に向かってるんだよ。

つまり、これはクロードが帰ってきた、その凱旋《がいせん》パレードのようなものなのではないだろうか。

きっとそうだ。

そうとなれば、何をしなければいけないかは分かっていた。踵《きびす》を返し、この場から逃《に》げるのだ。

けれど、分かっていながら奈津は、声の向かう先へと視線を向けてしまった。

そこにいたのは、馬に乗った青年だ。

襟足《えりあし》のやや長い金髪《きんぱつ》。まだこの距離《きょり》では、瞳《ひとみ》の色まではっきりとは見て取れない。

しかし遠目にもその表情は、なんとなく分かる。人を食ったようなものではなく、作ったような品のいい笑顔《えがお》だ。クロードらしくない、と奈津は思う。

いつもはもっとにやにやと、こっちがうんざりするような楽しそうな顔をしていたのに。

そう思った次の瞬間《しゅんかん》、クロードの目がこちらを見た。みるみる驚《おどろ》きに見開かれる瞳に、奈津はようやく我に返る。

「フローラさん、あの、すみません！　俺、ちょっと……」

「ナツ？」

ちょっとなんなのか、自分でも分からないままそれだけを告げて、奈津は人垣《ひとがき》を抜《ぬ》け出して走り出す。

背後で上がった悲鳴の原因は知りたくもない。振《ふ》り返ることもせずただひたすらに石畳《いしだたみ》を蹴《け》って走った。

細い路地を入り、表通りから裏通りへと抜ける。

息が上がる。耳の中ががんがんと鳴って、自分の呼吸のゼイゼイという音が鬱陶《うっとう》しくなる。

それくらい必死に走った。

――……走ったのに。


「あっ」

うしろから腕《うで》を摑《つか》まれて、あっという間に壁《かべ》に押しつけられた。

「壁ドン、とか、もう流行《はや》らないと……思うんだけど……っ」

苦しい息の下《もと》でそういった奈津に、相手は少し困惑《こんわく》したようだ。

「また訳の分からないことを……」

息は多少弾《はず》んでいたものの、奈津の比ではない。やはりドラゴンを退治してしまうような男は基礎《きそ》体力が違《ちが》うのだろうか。

そんなことを思いながら、奈津は諦《あきら》めて視線を上げた。

そこにいたのは、当然ながらクロードだ。

いつもにやにやと笑っていた男とは思えないような、微妙《びみょう》な表情ではあったけれど、先ほどの作ったような笑顔よりはよほどましに思えた。

「――なんの用ですか？」

何度か深呼吸をしてから、奈津はそう言ってため息をこぼす。クロードからしたら深呼吸の

続きに思えたかもしれない。

「……会いたかった」

「………は？」

それはなんというか、思ってもみない言葉だった。そんな飾《かざ》り気のない、真実の吐露《とろ》のような、そんな言葉は。

だってもっと、違うだろう？　きっと会ったらもっと何か酷《ひど》いことが起きると、そう思っていたのに。

驚いて、奈津はぱちりと瞬《また》き、クロードをまじまじと見つめる。

「今すぐ城に戻《もど》って、俺と結婚《けっこん》してくれ」

「はぁ……。はぁ⁉」

続く言葉に呆然《ぼうぜん》とした奈津だったが、すぐにハッと我に返った。

「な、何言って……結婚て…はぁああ⁉」

カッと頬《ほお》が熱くなる。

本当に何を言っているのかと思う。

結婚なんて、そんなの。

「するはずないだろ！」

「なぜだ？」

「なぜって、俺男だし」

「問題ないだろう」

あっそうだった、と思っていや、そうじゃないだろうと思い直す。

「俺には問題なんですよ！」

この国が同性婚ＯＫであっても、自分はＯＫではない。何度同じことを言ったか分からないくらい主張してきたのに、まだ分かってもらえないらしい。

「だ、第一あんな……あんなことしといてよくそんなこと言えますね！」

「あんなこと？」

「俺のことごっ……ご、ご……強姦《ごうかん》したくせに……っ」

ものすごい小声でぼそぼそ言うと、クロードが首を傾《かし》げる。

「最後は和姦だっただろう？」

「エロゲみたいなこと言うなーっ！」

思わず怒鳴《どな》った奈津に、クロードは目を丸くして、それからものすごく楽しそうに笑った。

「ああ、やはりいいな。この感じだ」

何がいいというのか、奈津にはちっとも分からない。というか、自分の言葉のチョイスが原因ではあるが、怒《いか》りが伝わらなくて虚《むな》しい。

「変わっていなくて安心したぞ。今はどこで暮らしている？」

真っ直《す》ぐに訊かれて、言葉に詰《つ》まる。

「そんなの……訊かれたって教えるわけないじゃないですか」

どうして教えてもらえると思うのか、不思議でならない。だが……。

「そうか。ならあのご婦人に訊こうか」

その言葉に、奈津はギクリとする。

「ご婦人って……」

「一緒《いっしょ》にいただろう？　赤毛の女性だ」

にっこりと微笑みながらそう言われた。フローラのことで間違《まちが》いない。逃げる前に声をかけたのを、しっかり見られていたらしい。

「そうでなくとも、お前を捜《さが》すことは容易《たやす》いぞ？　聖女の正体を隠《かく》さなければならなかった今までとは違う。ドラゴンを退治した以上、お前の似姿を名前と一緒に貼《は》り出して、聖女として捜すことも問題なくなった」

確かに、クロードの言う通りなのだろう。

これまでは『聖女』が男であることは伏《ふ》せられていた。それは以前クロードが言っていた、国民を不安にさせないための方策だ。

けれど、ドラゴンが退治されてしまえば『聖女』の性別など問題ではなくなる。

奈津は最初、自分が捜索《そうさく》されるとは思っていなかったから、名前も顔も特に隠すことなく過ごしてきたし、似姿など出されればあっという間に通報されるだろう。

おそらく、クロードは別に奈津があっさり答えると思って質問したわけではなく、こう言えば吐《は》かざるを得ないだろうと判断していたに違いない。

だがそれはそれで少しおかしい。

「……なんで俺が住んでる場所なんて訊《き》くんですか？」

「うん？　どういう意味だ？」

奈津の質問に、クロードは首を傾げる。

「俺がどこに住んでようが、今さらクロードには関係ないじゃないですか」

捜していたというのが本当なら、自分はこのまま連れて行かれるのだろうし、これまで住んでいた場所など訊いても意味はないだろう。

そう思っただけだったのだが……。

「ほう？　随分《ずいぶん》と生意気なことを言うようになったな」

「いっ……！」

ぎゅっと頬を抓《つね》られて、奈津は思わず涙目《なみだめ》になった。

「言うのか言わないのかどっちだ？　無理矢理《むりやり》探し出されるほうが好みか？」

「い、言う！　言うはら放してくらはい……っ！」

そう言うと、ようやく指が離れる。奈津は頬を撫《な》でながらクロードを見つめた。

「言いますけど、店に迷惑《めいわく》かけるようなことだけは、お願いですからしないでください。悪いのは俺で、店の人は関係ないんですから」

「店？　よく分からんが、俺が善良な国民に何かするはずがないだろう。いいからさっさと吐け」

その言い方が悪人っぽいんだけどと思いつつ、渋々《しぶしぶ》口を開く。

「琥珀亭っていう……食堂の二階です」

「琥珀亭だな？　分かった」

よし、というようにクロードが頷《うなず》いたときだ。

「――――殿下《でんか》！」

聞き覚えのある声がして、奈津はそちらに視線を向ける。そこにいたのは、白銀の鎧《よろい》を身につけたカイルだった。

「カイルか」

「捜しましたよ。一体何が……」

何かを言いかけたカイルは、奈津を見て驚《おどろ》いたように言葉を失う。

「その様子からすると、お前もこの街にナツがいたことは知らなかったようだな」

「……当然です」

それは間違いなく本当のことだ。カイルは奈津に乗合馬車の乗り方を教えてくれたが、行き先まで指示したわけではなかった。だが、クロードは多少なりともカイルを疑っていたらしい。迷惑をかけていなければいいのだが……。

「まぁいい」

クロードはそう言うと、小さくため息をつく。

「――今日のところは帰る」

これもまた意外な言葉だった。

結婚だのなんだのと言っていたから、てっきりもうこのまま強引《ごういん》に連れて行かれるのかと思ったが、そういうつもりはないらしい。

となると、住んでいる場所を訊いたのは、このためだったのか。

「もちろん、また来るからな。大人しく待っていろ」

「……待ってなかったらどうなるんですか？」

「安心しろ。似姿をばらまくだけだ」

クロードはそう言って、そのままあっさりと帰っていった。カイルは一瞬《いっしゅん》だけ、何か言いたそうにこちらを見たが、クロードの手前なにも言えなかったのだろう。そのままクロードについて行った。

「なんなんだよ……もう」

ぽつりと呟《つぶや》いた途端《とたん》、体から力が抜《ぬ》けてしまい、奈津は壁《かべ》に背をつけたまま、ずるずるとしやがみ込んだ。

「……わけが分かんないんだけど」

怒濤《どとう》の展開に、頭がついていかない。

どうしてクロードはあっさり帰ったのか？　どうして、また来るなんて言うのか？

そもそも、結婚《けっこん》というのは本気なのか？

「わけが、分からない」

同じことをもう一度呟く。

もうドラゴンはいないのだから、奈津を口説く必要などないはずだ。聖女と結婚しなければ死んでしまう呪《のろ》いにでもかかっているのかと思う。

「いや、さすがにないだろうけど……」

奈津はしばらくそこでぐるぐると考え込んでいたが、いつまでもこうしているわけにもいかない。

きっと今頃《いまごろ》、フローラは何があったのかと気を揉《も》んでいるだろう。

一体何をどう説明していいか分からないが、逃《に》げるだけ無駄《むだ》だというのは分かっているのだから……。

「とりあえず、帰ろ……」

大きなため息をついて、奈津はゆっくりと立ち上がった。

◆

「ありがとうございましたー！」

帰っていく客の背中にそう声をかける。琥珀亭の店内は、一組の客を残すのみだ。時間は二十二時を回ったところである。

なんとなく、今日も何事もなく無事に終わりそうだなという感じがして、ほっとする。

クロードと再会してから一週間が過ぎた。

だが、今のところクロードが何かしてくることもなく、表面上は何事もなかったかのように過ごしている。

もちろん、あの直後は常連客に質問攻《ぜ》めにされたりもして大変だったが、人違《ひとちが》いだったという苦しい言い訳を、どうにか信じて貰《もら》えつつあるようだ。

もしも本当に奈津が何らかの罪を犯《おか》して追われる身だったり、王子の関係者として捜されているという事情があったりすれば、こんなふうに働いていられないだろうというのが、大方の見解のようだ。

もっとも、フローラはあのときクロードが追いかけてくるよりも先に、奈津が逃げ出したことを知っているから、本当の意味で信じたわけではないと思う。ただ、奈津がそういうならと口を閉《と》ざしてくれているだけだ。

それが分かっているから、フローラには、話せるときが来たら話さなければならないだろうなと思う。

とは言っても、奈津自身、それがいつになるのかは分からないのだけれど……。

「ほらほら、これが最後の一杯《いっぱい》だからね」

酔客《すいきゃく》にそう言いながら、ゴブレットをテーブルに置くフローラを横目で見つつ、小さくため息をついた。

「ナツ、ランプ下ろしてきてくれる？」

「あっ、はい」

くるりと振《ふ》り向いたフローラにそう言われて、奈津は一つ頷くと、店の外へと向かう。

店を出ると少しだけ肌寒《はだざむ》かった。

どうやらこちらにもちゃんと四季があるらしい。そろそろ昼間は夏らしい暑さになってきているのだが、湿度《しつど》が低いのか夜はだいぶ涼《すず》しい。

この調子なら、熱帯夜なんてものはないのだろうなと思いつつ、看板の下で燃えているランプを手に取った。これがついていることが、店がまだ開いているという合図になる。

その灯《あか》りを吹《ふ》き消そうとしたときだ。

「もうおしまいか？」

背後からかけられた声に、奈津はびくりと肩《かた》を揺《ゆ》らした。

いやと言うほど聞き覚えのある声に、奈津は関節の錆《さ》びついたロボットのような、ぎこちない動きで振り返る。

そこに立っていたのは、クロードだった。マントのフードを被《かぶ》ってはいるものの、間違いようもない。

また来ると言った言葉は、嘘《うそ》ではなかったらしい。

もちろん、奈津としては嘘でもよかった……というか、むしろ嘘のほうがよかったのだが。

「――今日はもう、店じまいですよ」

「それならばちょうどよかった。お前も、開店時間内に俺が堂々と店に入ることは、望まないだろう？」

「そりゃ……そうですけど」

店に入ればフードを取らないわけにもいかないだろう。そして、顔を見れば彼が王子であることは一目瞭然《いちもくりょうぜん》だ。

そんなことをされれば、ようやく静かになってきた周辺が、また騒《さわ》がしくなることは間違いない。

つまりこれは、ここで奈津が追い返せば、今度は店に入るという脅《おど》しだろうか。

「片付けとかもあるので、まだ一時間以上かかりますけど」

「それくらい待つ」

「……わかりました」

仕方がない。奈津はため息をつきつつ、ズボンのポケットから鍵《かぎ》を取り出すと、クロードに手渡《てわた》した。自室で二人になることに不安がないわけではないが、外で話して誰《だれ》かに見られるほうが困る。

「裏口の横の階段を上がって、手前の部屋です。物音とか立てないでくださいね」

「わかった。気をつけよう」

クロードは満足げに頷《うなず》くと、素直《すなお》に裏口のほうへと歩いて行く。

奈津はもう一度ため息をつき、ランプの火を消すと、店内へと戻《もど》った。

「何かあった？」

時間がかかったせいだろう、フローラにそう訊《き》かれて奈津は頭《かぶり》を振る。

「あ、いえ、大したことは……。今から入れるかと訊かれたのでお断りしただけです」

「あらそう。ありがとう」

フローラに礼を言われて罪悪感に胸を痛めつつ、閉店の準備を進める。

やがて最後の客も帰り、片付けのあといつも通りフローラとニックを見送ると、奈津は思わず天井《てんじょう》を見上げた。

物音はしない。クロードはちゃんと、静かにしてくれているようだ。

――いっそ、帰ってくれていればいいけど。

残念だが、さすがにそんなことはないだろうなと思う。城からこのコルニオまで、乗合馬車で一日半以上かかったのである。何で来たかは知らないが、それなりに時間がかかっているはずだ。一時間程度待たされたくらいで帰るなら、こんなところまでやってこないだろう。

だからといって、何をしに来たのかも正直よく分かっていないのだが。

それはこの一週間、散々考えたことでもある。

一週間前は、結婚しろだとか言っていたが、そのわりには奈津を連れて行こうとはしなかった。

ひょっとして、ドラゴンを倒《たお》したお祝いの式典とかがあって、『聖女』が必要なのかとも思ったが、そんなのは前にも考えた通り代役を立てればすむ話である。

それに、それならそう言えばいいだけの話で、結婚などを持ち出す必要がない。

というか、そもそも結婚する理由がないだろう。

自分が女だったなら、まぁ、救国の勇者と聖女が一緒《いっしょ》になるというのは分からなくもない。

実際、ゲームではそうなっていた。と言っても、それは力を渡《わた》す過程で二人が恋《こい》に落ちたからであって、自分とクロードには当てはまらない。

「全然分かんないよな……」

対応策も考えてはみたが、当然ながらこれもさっぱりだ。

そんなのが分かっていたら、城にいる間にしていた。というか、できるだけの対応をしたつもりだったのである。

喜ばせないようにしたり、素っ気なくしたり、避《さ》けたりといろいろした結果があの夜の出来事だったわけで、もうどうにも八方塞《はっぽうふさ》がりだ。

「とりあえず、あんまり突《つ》っ込んだりはしないようにしよ……」

一週間前に会ったときは、おかしな突っ込みを入れてしまったことを喜ばれた気がするし……。

などと思いつつ、ことさら時間をかけて寝《ね》る前の支度《したく》をする。

とは言え、どれだけ時間をかけようと、たかが知れているのだが……。

前にもこんなことがあったなと思いながら、戸締《とじ》まりをして階段を上がった。錠前《じょうまえ》の外れたドアを見てまたため息がこぼれる。

すると……内側からがちゃりとドアが開いた。どうやら、足音が聞こえたらしい。

「おかえり。そんなところに立っていないで、さっさと入ったらどうだ？」

「……自分の家みたいに言わないでください」

にっこりと笑って言うクロードについそう返してから、今のは突っ込みの範疇《はんちゅう》だろうか、まずかっただろうかと内心どきどきした。

もちろん、ここでぐだぐだしていても仕方がない。その体を押しやるようにして、部屋の中へ入る。

当然だが、クロードは靴《くつ》を履《は》いたままだったので、奈津も諦《あきら》めてそのまま入る。次の休みには床《ゆか》の拭《ふ》き掃除《そうじ》をしようと心に決めた。

「ほんとに来たんですね」

「来ると言っただろう？」

そう言ってクロードは一つしかない椅子《いす》に座った。木製の椅子が、ぎしりと音を立てる。いかにも手作りといったふうの椅子は、ニックが使っていただけあって大きくて丈夫《じょうぶ》そうだが、クロードにはいかにも不似合いだ。いくら服装が地味でも、光り輝《かがや》くような美貌《びぼう》の前では無力である。

「何しに来たんですか？」

訊きながら、奈津はいつもの癖《くせ》でベッドに座ろうとしたのだが、さすがにそれは警戒心《けいかいしん》がなさ過ぎるのではないかと立ち止まる。とりあえず、ランプを枕元《まくらもと》のフックに引っかけて部屋の中央に戻った。

自意識過剰《かじょう》、とは言わせない。実際に一度は貞操《ていそう》を奪《うば》われているのだから、警戒しても当然だろう。

「求婚《きゅうこん》以外にないだろう」

クロードはそんな奈津をおもしろそうに眺《なが》めながらそう言った。

「きゅっ……」

驚《おどろ》きのあまり、奈津は足を止める。

「可愛《かわい》らしい鳴き声だな」

「鳴いてません！」

思わずそう言い返してから、また突っ込んでしまったと一瞬《いっしゅん》だけ思ったが、すぐにもう一度今言われたことを考える。いや、鳴き声のほうではなく、きゅうこん、のほうだ。

きゅうこん、というのはもちろんこの場合チューリップのアレのことではないだろう。

そういうボケが求められているわけではないことは分かる。だが、どうしてクロードが自分にしてくるのかが分からない。

「……と言っても、今日のところは様子見だ。お前がどのような暮らしをしているか、気になってな」

言いながら、クロードはちらりと室内に視線を向ける。

おそらく、みすぼらしい場所だとでも思っているのだろうと、そう思ったのだが……。

「悪くない店のようだったな。店主達の評判も、客層も悪くなかった」

「店って……見てたんですか？」

「別の者に探《さぐ》らせた。俺が行ったのでは目立ちすぎるからな」

そう言われて、確かにここ何日かは見慣れない客がいたなと思い出す。けれど、それは別に際立って珍しいことではない。常連客で成り立っているような、地元密着型の店ではあるけれど、奈津もまだここで長く働いているわけではないから、知らない顔もあるし、行商にきて立ち寄るような者もいる。

だが、今回に限っては、あのうちの誰かがクロードの部下だったということだろう。

「何より、お前が雨風のしのげる場所で息災だったとわかって、安心した」

「……まるで心配していたみたいに言うんですね」

「心配したに決まっているだろう？」

不思議そうに言われて、不思議なのはこっちだよと突っ込みたい気持ちをぐっと抑《おさ》える。

「あの朝、目を覚ましたらお前がいなくなっていたときの、俺の気持ちが分かるか？」

「……ヤッター、とか？」

半分くらいは本気で答えた奈津に、クロードは、むっとしたように「冗談《じょうだん》はやめろ」と言った。

「でも、力がクロードのものになっていることは、すぐに分かったんじゃないですか？」

だったら、ヤッター、でもおかしくはないと思うのだが。

「それは寝る前にはすでに分かっていた」

確かに、目が覚めたとき奈津の体はきれいになっていたし、それをしたのがクロードなら、そのときには気づいてもおかしくはない。

「……それだけが救いではあったな」

眉《まゆ》を顰《ひそ》めつつもクロードがそう頷《うなず》く。その言葉に、なぜだか胸がちくりと痛んだ。

――――あれ……。

奈津がいなくとも、とりあえず力だけは手に入れていたことを、クロードが重要視するのは当たり前のことだ。

そう思うのに、少しだけ傷ついている自分がいることに気づいて、奈津は内心戸惑《とまど》う。

「どうして逃《に》げた？」

「えっ……どうしてって」

クロードの問いに、奈津は目を見開く。

「まさか、本当に分かってないんですか？」

「力を渡し、役目が終わったというのは読んだが、出ていく理由にはならないだろう？」

驚いたことに、クロードは本当に原因が分かっていないらしい。

それを理解した途端《とたん》、じわじわと頭に血が上っていくのが分かった。

「クロードが……」

「うん？」

首を傾《かし》げるクロードを、奈津はきつく睨《にら》み付ける。

「クロードがあんなことしたからじゃないですか！　人の部屋に勝手に入って夜這《よば》いとか……

最低ですよ!?　それでショック受けないほうがどうかしてるよ！」

そう怒鳴《どな》りつけた奈津に、クロードは驚いたように目を瞠《みは》っている。

「――――……そうだったのか」

まさか、気づいていないなんて正直信じられない気持ちだった。だが、クロードが嘘《うそ》を吐《つ》いているようには見えない。

よく考えてみれば、相手は王子様なわけで……ひょっとしたら、自分とは常識が違《ちが》うのか？

夜這いくらい、許されて当たり前なのか？

だからってそれを自分が許さなければならない理由もないとは思うけれど……。などと悩《なや》んでいると。

「確かに強引《ごういん》な手段に出たことは……俺が悪かった」

クロードが珍しく謝罪を口にした。

「だが、お前がカイルを選ぶのではないかと思ったら、気が急《せ》いてしまったんだ。初めてくらいはもっとやさしくしてやるつもりだったんだが……」

いや、別にやさしくしてくれたらよかったとか、そういう話をしているつもりはないのだが……。

やはり、少し認識《にんしき》がずれている。そう思ったときだ。

「だが、それでもナツは俺を愛しているんだろう？」

「……んん？」

さらに突拍子《とっぴょうし》もない言葉に、奈津は思い切り首を捻《ひね》った。

「俺に力を渡《わた》してくれたにもかかわらず、なぜ逃げ出したのかとずっと不思議だった」

「――――あ、ああー……。なるほど」

そう来たか……。

クロードの言葉に、奈津はようやく違和感《いわかん》の正体に気づいて頷いた。

どうやらクロードは、奈津がクロードを愛しているからこそ力が渡ったと、思っているらしい。

確かに、ゲームでもそういうことになっていたな、と思う。

口伝とやらも『愛をもって』というような曖昧《あいまい》な表現だったし、クロードを含《ふく》め国側は性行《せいこう》為《い》自体が重要なのではなく、奈津が愛した相手に力が渡るというような解釈《かいしゃく》をしているようだった。

奈津としても、愛なんかなくてもエロいことすれば力は渡ると思いますよ、とか言ったらその場で大変なことになりそうだったので、誰《だれ》にもそのことは話さなかったのである。

それでようやく、クロードの言動に納得《なっとく》がいった。

クロードは、奈津が自分を好きだと思っているからこそ、こうして求婚しに来たということなのだろう。そんなタイプには見えなかったけれど、案外義理堅《ぎりがた》いんだなぁと思う。

いや、自分もエロの最中に強請《ねだ》るようなことを口にしたし、認めたくないが気持ちよくもなってしまったので、そのことが誤解を助長してしまったのかもしれない。

もちろん、大いなる勘違《かんちが》いであり、いわゆるありがた迷惑《めいわく》なのだが……。

それをなんと伝えればいいかわからず、迷いながら奈津は口を開く。

「あの……責任とか感じる必要ないですから」

「――なんの話だ？」

「だから、その」

別に好きじゃないからと、そう告げようとして、さすがにそれはないかと口を閉《と》ざす。

あまり恥《はじ》をかかせるのもなと思うし……。

「できればそっとしておいて欲しいというか……俺は、クロードと結婚《けっこん》したいとか思ってないので」

しどろもどろにそう言う奈津に対して、クロードは徐々《じょじょ》に不機嫌《ふきげん》な表情になっていく。

「それはあれか？　いつもお前が言う『男同士だから』というのが理由か？」

「……まぁ、そんな感じです」

正確には、クロードのことが好きなわけではないから、だが、大きな括《くく》りで言えば自分がクロードを好きじゃないのは男だからなので嘘ではないはずだ。

「とにかく！　俺は城に戻《もど》る気も、クロードと結婚する気もないですから。クロードはちゃんと身分に相応《ふさわ》しい方と結婚してください」

はっきりとそう言い切った奈津に、クロードはしばらく考えるように沈黙《ちんもく》し、やがてため息をついた。

「分かった」

その言葉に、奈津はほっと胸を撫《な》で下ろ――――そうとした。

「寝込《ねこ》みを襲《おそ》ったことをまだ怒《おこ》っているんだな？」

「え？　いや、まぁ、確かに怒ってはいますけど」

そろそろ一ヶ月が経《た》つとはいえ、怒っていないとはさすがに言えない。

けれどどうして今さらそんなことを訊《き》くのだろうと、奈津は小さく首を傾げた。

クロードはそんな奈津を見て、深く頷く。

「そういうことなら、お前がいいというまで無理強《むりじ》いはしないと約束する」

「…………ん？」

いいというまで無理強いはしない？

いや、確かにあんなのは二度とごめんだが、何かおかしい。

「ちょ、ちょっとまっ――――」

「お前が許せないと思っていることはよく分かった。だが、俺も諦《あきら》める気はないからな」

「いや、そこは諦めろよ！」

我慢《がまん》しきれずに突《つ》っ込んでしまったのは、仕方ないと思いたい。

というか、なぜだ？　なぜ諦めないのか？　それが奈津にはまるで分からなかった。

「とりあえず、今日のところは帰るが、また来る。休日は日曜の夜から月曜だったな？　夕食の予定を空けておけ」

「いやですけど⁉」

「空けておけと言っているんだ。もし空けてなかった場合、店主に掛《か》け合って休日を増やして貰《もら》うからな」

本当に反省しているのかというような上から目線でそう言うと、クロードは椅子《いす》から立ち上がる。

そして、そのまま部屋を出て行った。

バタンと閉まったドアを見つめて、奈津は呆然《ぼうぜん》と立ち尽《つ》くす。

「えぇー……」

結局どういうことなのか。

また来るというのは分かったけれど、どうしてこうなったのかが分からない。やっぱり、奈津にとってクロードは謎《なぞ》すぎる。

ため息をつきつつ、ぐったりと奈津はベッドに寝転がった。

◆

日曜日は、昼の客足が途絶《とだ》えれば店じまい。

それは大抵《たいてい》、三時過ぎのことなのだが、一人、また一人と減っていく客を見送りながら、奈津はひっそりとため息をこぼす。

「浮《う》かない顔ね？」

「あ……いえ、そういうわけじゃないんですけど」

フローラの言葉に苦笑《くしょう》して、思わずつきそうになったため息を呑《の》み込む。

――ついに日曜日になってしまった。

夕食の予定をということは、一緒《いっしょ》に食事をするつもりなのだろうけれど、クロードは完全に顔が知られているわけで、一体どこへ行くつもりなのかと思う。

一緒に歩いているところを見られたりしたら、また騒《さわ》ぎにならないだろうかと思うと、胃がしくしく痛む気がする。

そんなことを思ううちに、店じまいになり、いつも通り二人は帰っていく。少し迷ったが、夕食のまかないは断った。いつもはニックがシチューか煮込《にこ》みを一杯《いっぱい》、パンと一緒にとっておいてくれるのだが、クロードはやると言ったらやる気がする。

もしクロードが来ず、食いっぱぐれたとしても一食抜《ぬ》くくらいはどうということもない。

そんなことを思いつつ、自室に戻った。

なんとなく落ち着かない気分だ。楽しみにしているわけではない、ないけれど、どうにもそわそわする。

もちろん、夕飯の時間まではまだだいぶあるし、ぼんやりしていては時間がもったいない。奈津は洗濯物《せんたくもの》と洗濯板を盥《たらい》に入れる。これはどちらも隣《となり》の物置に入っていたのを、ニックが譲《ゆず》ってくれた。最初のうちは洗濯をどうしていいか分からず、困ったけれど、もうだいぶ慣れてきた。

一階に下りると、近くの川まで歩く。川で洗濯、というのをリアルで経験するときがくるとはなぁと思いつつ洗濯をすませ、戻って廊下《ろうか》に干した。

そのあとは掃除《そうじ》だ。掃《は》き掃除のあとは床《ゆか》の拭《ふ》き掃除。

そうやって過ごしているうちに、あっという間に日暮れどきになる。

洗濯機とか、掃除機とか、便利なものがないここでは、自分一人分の家事をしただけで、一日なんてあっという間だ。

夕食の時間というのが正確には何時か分からないため、外に出るわけにもいかず、奈津は軽く手足を洗ったあとは、ぼんやりと机に頬杖《ほおづえ》を突《つ》き、窓の外を眺《なが》めた。

「……変な感じ」

よく考えると、誰《だれ》かと時間を決めて約束をするなんて、この世界にきてから初めてだ。

誰かと約束して夕飯を食べる。たったそれだけのことだが、それさえも久し振《ぶ》りだった。

相手がクロードであることを差し引いても、待ち遠しいような気がするのは仕方ないと思う。

それに、クロードは無理強いしないと言っていたし、だったらこちらもそれほど身構えなくたっていいはずだ。

そうして、そろそろランプに火をつけに行かないとなと、そう思った頃《ころ》だ。

とんとんと、ドアの叩《たた》かれる音がして、ハッと顔を上げる。

靴《くつ》を履《は》いてドアを開けると、そこに立っていたのは予想通りクロードだった。先日と同じように、フードをかぶっている。

「ちゃんといたな」

「……クロードが脅《おど》すようなこと言うから仕方なく、です」

奈津の憎《にく》まれ口に、クロードは少し笑う。

「行くぞ」

「あ、ちょっ……」

手首を摑《つか》まれて、ぐいと引かれる。

「待ってください！　鍵《かぎ》！　鍵かけないと」

「ああ、そうだったな」

クロードはそう言うと、奈津が鍵をかけるのを待って、再び手を引いた。放してくれと言いたかったが、押し問答になるのは目に見えている。日が落ちたばかりの時間だ。裏通りとはいえ、あまり目立つようなことは避《さ》けるべきだろう。

そんなことを思ううちに、路地を出た。そこには、一頭立ての馬車が停《と》まっている。小さいが箱型で、乗ってしまえば姿を見られる心配はなさそうだ。

馬車は路地に寄せて停められていて、御者《ぎょしゃ》はクロードの姿を見るとすぐにドアを開けた。

クロードに引っ張り上げられるようにして乗ると、ドアが外側から閉められて、程《ほど》なくして馬車が走り出す。

馬車は、内側に天鵞絨《ビロード》が張られ、座席はクッション性が高く座り心地《ごこち》がよかった。窓にはカーテンが引かれていて、外の様子は窺《うかが》えない。当然だが、奈津がこの街に来るときに乗ってきた乗合馬車とはまるで違《ちが》った。

「クロードはこの街にも馬車で来たんですか？」

「いや、ここまでは馬で来た。そのほうが速いからな。馬車は必要になると思って手配しておいたんだ」

姿を見られるのがまずいという意識はちゃんとあるんだな、と内心ほっとする。

「お前こそ、この街まではどうやって来たんだ？」

「――……乗合馬車に乗ってきたんです。悪いとは思ったんですけど、その、シャツのボタンを売ったりして」

カイルに迷惑《めいわく》がかかるのは困る。言葉を選びつつ、そう言った奈津に、クロードはなるほどというように頷《うなず》いた。

馬車は程なくして一度停車し、しばらく行ってからもう一度停まる。今度はドアが開かれ、奈津はクロードとともに馬車を降りた。

「……え、ここって」

「どうした？」

目の前にあったのは、立派な屋敷《やしき》だ。この世界にきてからしばらく暮らしていた館《やかた》よりも、大きいかもしれない。

「夕ご飯を食べに来たんですよね？」

「ああ。ここなら顔を隠《かく》す必要がないからな」

クロードはそう言うと、なんの衒《てら》いもなく歩き出してしまう。

「ていうかよく考えたら、俺こんな格好で大丈夫《だいじょうぶ》なんですか？」

汚《きたな》いわけではないが、どう見ても労働者という服装であることは否《いな》めない。

「なにも心配しなくていい。だが、あまり離れるなよ」

クロードはそう言って笑うと、奈津を手招いた。

言葉通り、扉《とびら》の横に控《ひか》えていた黒いお仕着せの男は、クロードにも奈津にも不躾《ぶしつけ》な視線を向けることなく、部屋へと案内してくれる。

そこはテーブルが一つと椅子《いす》が四脚《きやく》置かれた個室だった。その他《ほか》にソファセットや暖炉《だんろ》もある。だが、季節柄《がら》火は入っていなかった。壁には湖を描《えが》いたらしい涼《すず》しげな色合いの絵画が飾《かざ》られている。

確かに個室なら、顔を隠す必要も格好を気にする必要もないだろう。

奈津は椅子を引いてくれた男に礼を言って座り、クロードはマントを男に預けると、料理を運ぶように言う。

「誰かのお屋敷かと思いましたけど、違ったんですね」

「確かに、少し分かりづらいかも知れないな」

クロードが言うには、ここは以前、さる金満家の屋敷だったらしい。だが、その男が事業に失敗し、屋敷を買い取った人間が、食事と宿を提供する店に改装したのだという。

「ここは庭が素晴《すば》らしいんだ。――前の持ち主とも縁《えん》があってな。何度かパーティに出席したことがある。人間性はいまいちだったが、いい庭師を雇《やと》っていたようだ」

「いまいちって……」

その言い方に苦笑しつつも、窓の外に目をやる。確かにそこには日の落ちた直後の紫《むらさき》がかった空気の中に佇《たたず》む、美しい庭が広がっている。

そうこうしているうちに、食事が運ばれてきた。

この世界のレストランの食事は、一皿ずつ運ばれる形式ではないらしく、次々に美しく飾られた料理の載《の》った皿が並べられる。

その中には、フルーツを使ったタルトもあって、奈津は思わず目を輝《かがや》かせた。

そんな奈津の様子に気づいているのだろう、クロードがにやにやと笑う。

「なんですか？」

「いや？　ほら、さっさと食べろ」

「……いただきます」

言い返してやりたい気持ちはあったけれど、おいしそうな匂《にお》いに惹《ひ》かれて、奈津は素直にフォークを手にした。

なんだかこういう食事は久し振りだったが、個室なのでテーブルマナーを気にすることもない。手を伸《の》ばし、取り分けては口に運ぶ。

「味のほうはどうだ？」

「おいしいですよ。この白身魚とか好きな味です」

味の感想など求められてもおいしいかそうでないかの二択《たく》くらいしか答えられない。けれど、クロードは「気に入ったならよかった」と言って笑う。

「でも、琥珀亭のまかないだって、別の方向性ですごくおいしいんですからね」

だから食事に釣《つ》られたりはしないぞ、という意味を込めて言う。レストランの店内で他の店の料理を褒《ほ》めるのはマナー違反《いはん》だとは思うけれど、この場には店の人間も他の客もいないのだから許されるだろう。

けれど、クロードは特に機嫌《きげん》を損《そこ》ねた様子もない。

「本当は、琥珀亭で食事をしてみたいところだが」

「絶対やめてください」

即座《そくざ》にそう言うと、また笑った。

なんだろう、妙《みょう》にくすぐったい気分だ。クロードがあまりに楽しそうにしているからだろう。

城にいた頃だって、クロードは楽しそうだった。けれど、浮《う》かべていた笑《え》みは、からかいと好奇心《こうきしん》を含《ふく》んだもので、今のようなやさしげなものでは決してなかったように思う。

再会してから頬《ほお》を抓《つね》られた回数も随分《ずいぶん》少ない。

もちろん、抓られたいわけでは断じてないけれど……。

これではまるで、本当に口説かれているみたいではないか。

――そんなはずは、ないと思うのだが。

食事の最後に、大きく切り分けられたタルトを食べた。たっぷり載ったフルーツはどれもつやつやとして瑞々《みずみず》しい。当然のようにイチゴもある。

奈津は、フォークで端《はし》を切り崩《くず》し、口へと運んだ。

口の中に広がった甘みと、フルーツの酸味に、あの日クロードに手ずから食べさせられたイチゴのタルトを思い出す。考えてみればあれが、最後に食べたタルトだった。

菓子《かし》というのはやはり高級品というか、嗜好品《しこう》で、コルニオにきてからは食べる機会がなかったのである。いや、正直に言うと食べたいと思うことすら忘れていた。必死だったのだ。

知らない世界で、交通手段は馬や馬車、慣れない立ち仕事に、家事。ニックやフローラとの出会いは得難《えがた》いものだったし、思ったよりもずっと上手《うま》くやれていると思う。住む場所も仕事もあって……。

自分のルーツを知らない人間しかいない生活は、楽で、自由で――――けれど、どうしようもなく孤独《こどく》だった。

今の生活が不満だとか、そういうことでは本当にない。楽しいと思うことも多いし、充実《じゅうじつ》しているとも思う。なのに、淋《さび》しくて……。

不意に胸が痛んで、目の奥が熱くなる。

「……っ」

気づいたときには、ぽろりと涙《なみだ》が目尻《めじり》を滑《すべ》り落ちていた。

菓子を食べて泣くとか、どうかしていると思うけれど……。

「……泣くほどうまいか？」

「っ……おいし……です…」

これではまるで満足に食べてなかったみたいに見えてしまうだろう。実際はそうではない。

いや、確かに菓子の類《たぐい》は食べていなかったけれど、泣きたくなったのは、ただ少しだけ気が緩《ゆる》んでしまったからだった。

一番、警戒《けいかい》しなければならないはずの相手の前なのに。

泣いたりしたら、好感度が上がってしまうかもしれないと頭のどこかで思ったけれど、止められなかった。

奈津は泣きながら、半ば意地になってタルトを食べる。鼻が詰《つ》まって、なのにものを食べているから息苦しい。喉《のど》に詰まりそうになって、葡萄酒《ぶどうしゅ》を飲む。一つ食べ終わると、クロードが自分の分の皿を奈津の前に置いた。親切なのか嫌《いや》がらせなのかと思いながら、それも食べる。完食する。

「……ごちそうさまでした」

さすがにその頃《ころ》には涙も止まっていた。まだ鼻は詰まっていたけれど。

食後にはお茶が供されるものだろうが、クロードは給仕《きゅうじ》を呼ぶことはしなかった。その代わり、椅子から立ち上がり、きれいにアイロンの当てられたハンカチをテーブルの端に載せてから、窓の近くへと歩いて行く。

「庭に出ないか？」

少し迷って、奈津はクロードのハンカチで顔を拭《ふ》いて、立ち上がった。泣いたあとのみっともない顔のまま、煌々《こうこう》と灯《あか》りの灯《とも》った室内にいるより、すでに日が落ちて、ところどころに灯りのつけられただけの庭にいたほうが、ましなように思えたからだ。

庭には直接出られるようだ。クロードが窓を開けて、優雅《ゆうが》に手を差し出す。無視してもよかった。けれど、そうするには奈津の心は少しくたびれていて、誰《だれ》かにやさしくされたかった。

黙《だま》ってその手を取り、一緒《いっしょ》に暗い庭へと降りる。

静かだった。庭には他の客の姿はない。暗かったし室内からは分からなかったが、庭は部屋ごとに高い生け垣《がき》で仕切られていた。

奈津がそちらを見ているのに気づいたらしく、クロードが言う。

「庭付きの部屋だ。他の客と顔を合わせる心配はない」

それには答えず、クロードに手を引かれるままに石畳《いしだたみ》を歩き、庭の中央の四阿《あずまや》にあった石造りのベンチに座った。

ベンチはきちんと磨《みが》かれて、さらにこうして客が外に出ることを想定しているのだろう。外だというのにクッションと、膝掛《ひざか》けが用意されていた。

クロードは横に座ると、膝掛けを広げて奈津の足にかける。

ベンチは建物とは反対側を向くように設置されていた。灯りがあったのは、四阿に着くまでの道なりだけで、ここから観《み》る庭にはない。明るい色の花がいくつも咲《さ》いていて、月明かりに浮かんで見えた。素直にきれいだと思う。

クロードが何も言わないので、奈津も何も言わなかった。ただ、そうしているうちに、ますます自分が泣いてしまったことが恥《は》ずかしくなってくる。

「――――あー……あの」

「うん？」

「……すみませんでした」

クロードのほうを見ないまま、奈津は小さな声で言う。それでも、この静かな庭では充分《じゅうぶん》だった。

ぎゅっと手を握《にぎ》り締《し》めてから、左手にクロードのハンカチを持ったままだったことに気づく。

「ハンカチも、ありがとうございました」

洗って返すと言いたかったが、手触《てざわ》りからするとどう考えてもシルクである。洗濯板《せんたくいた》で洗っていいものなのかまるで判断がつかない。

「いいや、気にしなくていい。いいものが見られた」

「……すごい台無しなんですけど」

呆《あき》れたようにそう言ってから、奈津は思わず笑ってしまった。

そうしてひとしきり笑って、息が整ってからもう一度、今度はクロードを見つめて口を開く。

「あの、その……勘違《かんちが》いして欲しくないんですけど、俺、今の生活は気に入っています。街の人はいい人だし、ご飯だっておいしいし」

嘘《うそ》ではない。

もちろん、日本に帰れるものなら帰りたいとは思う。けれど、死んだというなら、生まれ変わった気持ちでやっていくしかないではないか。

そうして切ったスタートとしては、きっと悪くないものだと思う。

けれど……。

「だが、ここにはお前が異世界からやってきた『聖女』だと知るものはいない。自分を知るものがいないというのは孤独だ。特に、それを明かせない状況《じようきよう》なら」

心情を言い当てられて、奈津は驚《おどろ》いて目を瞠《みは》った。どうして分かるのだろう。

「そうだろう？」

「……うん」

こくんと、子どものように奈津は頷《うなず》いた。

どれだけよくしてもらっても、自分のことを話せない。それは、相手に対する罪悪感と孤独感を増幅《ぞうふく》させた。

特に奈津には知らないことが多くて、ニックやフローラに助けられることも多い。例えば洗《せん》濯《たく》や掃除《そうじ》の仕方だとか、井戸《いど》の使い方、竈《かまど》の使い方、火の取り扱《あつか》いなどと言った、普通《ふつう》にこの世界で育ったなら知っていて当然のことも、分からない。そういったことを丁寧《ていねい》に教えてもらうたびに、罪の意識は募《つの》った。

二人は奈津にはなにか、特殊《とくしゅ》な事情があるのだろうと思ってくれているようだ。確かに、特殊な事情ではあるが、実際のところは二人には思いも寄らないものだろう。

そうして、孤独も少しずつ、心に降り積もっていった。

素性《すじょう》が明かせなかったのは、別にクロードに捜《さが》されていると思ったからではない。捜されていると知る前にも話せなかったし、クロードに見つかってからもやはり言えていないのだから。自分が『聖女』だなんて言いたくなかったし、異世界から来たなんて、信じてもらえるとも思えなかった。

もちろん嘘をつくな、と責めるような人たちでないことは、分かっている。けれど、それと信じてもらえることはまた別だと思う。

「俺にナツのことを教えてくれないか？」

「クロードに……ですか？」

奈津はクロードを見つめ、腫《は》れぼったい目蓋《まぶた》でゆっくりと瞬《またた》いた。

「だめか？」

「……別に、いいですけど。たいしておもしろいものでもないですよ」

ごく普通の、たわいもない、そんな人生だったと思う。

どこから話せばいいのか迷って、口ごもる奈津をクロードは急《せ》かすでもなく待っていてくれた。

「俺には両親と姉がいて、姉とは年が離《はな》れているから、物心ついたときにはもう姉は小学校……六歳くらいから通う学校に通ってた」

家族や、姉との思い出や、学校での出来事をゆっくりと話していく。

クロードは分からない言葉があったときだけ質問をしてきたけれど、ほとんど聞き役に徹《てっ》してくれていた。

やがて……。

「それで、姉はゲームをつくる会社に就職して、俺はそのゲームを無理矢理《むりやり》やらされたりもして――」

そこまで話して、奈津はこれを言うべきなのか、言っても大丈夫《だいじょうぶ》なのかと迷って口を噤《つぐ》む。

「……どうした？」

そう尋《たず》ねるクロードの声は、ほんの少し心配そうに聞こえた。

いつもはいじわるだったり、どSだったりするのに、こんなときばかり卑怯《ひきょう》じゃないかと思う。

一番やさしくされたいときにやさしくされて、心がぐずぐずになってしまう。

それに、クロードはニックやフローラとは違《ちが》う。嫌《きら》われてもいい……いや、むしろ嫌われたほうがいい相手なのだから、遠慮《えんりょ》もいらないはずだ。

そう思ったら、自然と言葉がこぼれていた。

「俺……死ぬ直前も、姉の作ったゲームをしていたんです」

自分の中にある。最も大きな秘密と言ったらこれだろう。それを聞いてクロードがどう思うかは未知数だったが……。

「どんなゲームだ？」

「落雷《らくらい》で死んだ少女が、異世界に聖女として召喚《しょうかん》されて、ドラゴンを倒《たお》す勇者を一人選んで力を授《さず》ける、というゲームです」

「それは……」

さすがに驚いたのだろう、クロードは絶句する。その態度に、奈津は視線を落とした。

「……信じられないでしょうけど、本当の話です。俺はこの世界に来る前から、この世界や、クロードたちのことを知っていました。でも、まさか自分が、この世界に来ることになるなんて思ってもみなかった」

どうしてだろう。

クロードにどう思われてもいいはずなのに、少しずつ気持ちが沈《しず》んでいくのがわかった。やっぱり言わなければよかった、とそう思ったときだ。

「一つ、訊《き》いてもいいか？」

クロードの言葉に、奈津は俯《うつむ》いたままこくりと頷く。

「ナツは誰《だれ》を選んだんだ？」

「…………え？」

「ゲームの中で、選んだのは誰だったのかと訊いているんだ」

思わぬ質問に、奈津は顔を上げてクロードを見つめた。クロードにふざけている様子はなく、むしろ真剣《しんけん》な顔をしている。

「まだ選ぶ前だったのか？」

「い、いえ」

咄嗟《とっさ》に頭《かぶり》を振《ふ》ったものの、奈津の頭の中は未《いま》だ混乱状態にある。

まさか、そんなことを訊かれるとは思わなかった。

なぜならこんな質問をするということは、クロードが信じたということだ。奈津の話した、この世界の人間からしたら信じられないような話を。

「答えられないのか？」

「いえ、あの……最初はセレストさんで、次はカイルさんです」

「セレストにカイルだと？」

むっとしたように眉《まゆ》を顰《ひそ》めるクロードに、奈津は戸惑《とまど》いつつ頷く。

「どうして俺じゃないんだ？」

「いや、どうしてって言われても」

気にするのはそこだろうか？

普通はもっと別のことが気になるんじゃないのか？

「俺の言うこと、信じるんですか？　嘘だと思わないんですか？」

「嘘なのか？」

「……嘘じゃないです」

そう言った奈津に、クロードが苦笑《くしょう》する。

「確かに突拍子《とっぴょうし》もないような話だが、ありえないとは言えないだろう」

「……そうですか？」

ありえないと言われると思っていた奈津は、クロードの言葉に首を傾《かし》げる。

「ナツが異世界からきたことを、俺は知っているんだぞ？　この世界が『ゲームの世界』だと思っているわけではないさ。俺自身の生きてきた年月が、実際には存在しないまやかしだとは思えないからな。だが、ナツの言うゲームが、この世界を切り取ったものである可能性までは否定しない」

「切り取った世界……」

クロードは一つ頷《うなず》くと、再び口を開く。

「ゲームというのは、この世界のすべてが描《えが》かれていたのか？」

「いえ、城や城下町、城の中の人たちだけです」

「この店のことも、琥珀亭のことも、描かれてはいなかったんだろう？」

「はい。ゲームのヒロイン……『聖女』は、城下町の外に出ることはないですから……」

イベントで、攻略《こうりゃく》キャラと出かけることがあっても、それは城下町までのことだ。

「だが、厳然とした事実として、この街も店も、ここにある。ここはこういう世界で、アリエスという国は間違《まちが》いなく存在する。ゲームはそれを異世界から少しのぞき見た、というだけだ」

「そう、なんでしょうか」

いや、そうなのだろう。

そうでなければ、城下町の外にも世界が広がっていた説明が付かない。

なんとなく考えていたことではあったけれど、それを世界の住人であり、ゲームのキャラクターでもあるクロードに言われるとは思わなかった。

「しかし、俺を選ばなかったというのはどうなんだ？」

不満げにクロードが零《こぼ》す。

「ナツは俺を選ぶべきだ。そうだろう？」

「そんなこと言われても……クロードが、一番難易度が高そうだったんですよ」

「そうなのか？」

「そうですよ」

不思議そうな顔をするクロードに、奈津は頷いた。

「まぁ、ゲームというからにはナツ以外も遊ぶのだろうからな。仕方がないな」

おかしな納得《なっとく》の仕方だとは思ったが、とりあえず納得したならいいかと胸を撫《な》で下ろした……のだが。

「相手がナツだけだったなら、俺は簡単に恋《こい》に落ちただろうにな」

そう言ったクロードににやりと笑われて、なぜか心臓が跳《は》ねた。

「ば、ばかなこと言わないでください。俺は男なんだから、むしろ難易度上がりまくりだったに決まってます！」

「ゲームではそうだったかもしれないが、少なくとも現実の俺は――」

「そういうのいいですから！」

クロードの言葉を奈津は慌《あわ》てて遮《さえぎ》る。

顔がじわじわと熱くなるのが分かった。

奈津は勢いよく立ち上がる。膝《ひざ》掛《か》けが落ちそうになったのを片手で拾い、ベンチに放《ほう》り投げるように置くと、そのままその場から逃《に》げ出した。

もちろん、すぐにクロードが追いかけてきたが、足は止めない。

恥《は》ずかしいし、照れくさいし、なんだかよく分からない。

ただ――……話すんじゃなかったとは思わなかった。

「クロードは植物が好きなんですか？」

「うん？　どうしてだ？」

「どうしてって……」

人気《ひとけ》のない、広い庭園を見回す。

あの夜、自分がここをゲームの中として知っていたと告白した夜から、一週間と一日。

今日は昼間から出かけようと誘《さそ》われて、行き先も知らないまま馬車で連れてこられたのだが、着いてみたらそこは森にも似た、あまり人の手が入っていないようにも感じる、独特の雰囲気《ふんいき》を持つ庭園だったのである。

先日のレストランにも庭が付いていたし、思えば遭遇《そうぐう》する場所も、空中庭園だの中庭だのが多かった。

植物が好きなのかと思うのは、当然ではないだろうか？

「ああ、なるほど」

奈津の態度で分かったのか、クロードがクスリと笑う。

「植物というより、庭が好きなんだ」

「庭、ですか？」

「ああ」

頷きながら、クロードが靴《くつ》を脱《ぬ》ぎ始めたので、奈津は驚《おどろ》いてその場で固まってしまった。

靴下を脱ぎ、靴と一緒《いっしょ》に置いて、クロードは裸足《はだし》のまま芝生《しばふ》に足を乗せる。

「どうした？　ナツも脱いだらどうだ？」

「えっと、ここはそういう……？」

「ああ。ナツは裸足で過ごすのが好きなのだろう？」

そう言われて初めて、クロードがここに奈津を連れてきた理由が分かった。

三日ほど前、クロードが夜に少し顔を見に来たと言って部屋にやってきたのだが、そのとき奈津はクロードに入り口で靴を脱ぐように要求したのだ。

自分のいた国では、靴を脱いで生活するのが普通《ふつう》だったからと……。

「あれは、あくまで室内の話なんだけど……」

呟《つぶや》きつつも、奈津は靴を脱ぎ、同じように裸足で芝生に乗ってみる。

「あ」

「どうだ？」

「……気持ちいい、ですね。これ」

少しむずむずして、くすぐったいが、柔《やわ》らかな芝の感触《かんしょく》は心地《ここち》よかった。

「そうだろう？」

言いながら、クロードは右手で奈津の手を取って、奥に見える大木の下へと連れて行く。左の手には大きなバスケットを持っていた。木には花が咲《さ》いていて、爽《さわ》やかな甘い香《かお》りがする。

「ナツの部屋に行ったあと、子どもの頃《ころ》のことを思い出したんだ」

「子どもの頃、ですか？」

「ああ。芝生で裸足になってよく怒《おこ》られたなって」

「えっ」

にやりと笑ったクロードに、奈津はぎょっとする。

「ここ、ほんとに裸足で大丈夫《だいじょうぶ》なんですよね!?」

慌ててあたりを見回すと、クロードが楽しそうに笑い出した。どうやらからかわれただけらしい。

「昼食がまだだろう？　たまにはこういうのもいいかと思ってな」

クロードは芝生に座ってそう言うと、バスケットを開けた。中にはサンドイッチや、スコーン、葡萄酒《ぶどうしゅ》の瓶《びん》などが入っている。

「クロードでも、こういうの食べるんですね」

「昼食は会食でもない限り、もっと簡単なものですませることもあるくらいだぞ。時間をかけていられないからな」

「そういうものですか……」

城にいたとき、昼食は自分のほうがよほど贅沢《ぜいたく》なものを食べていたらしい。

バスケットを挟《はさ》むようにして並んで座り、サンドイッチを摘《つま》む。クロードと花見にきたような、なんだか不思議な感じだった。

「それで、俺がどうして庭が好きか聞きたいか？」

「いえ別に……いたっ！」

突然頬《とつぜんほお》を抓《つね》られて、完全に油断していた奈津は悲鳴を上げる。幸い指はすぐに離《はな》れていったが、奈津は涙目《なみだめ》でクロードを睨《にら》み付けた。

「手は出さないって言ってませんでした⁉」

「性的な意味でだ。もちろん、ナツがこれを性的な接触《せっしょく》だと感じるというならやめるが？」

「……いやな言い方しますね」

やめてくれと言ったら、まるで自分に特殊《とくしゅ》な性癖《せいへき》があるみたいではないか。

「もういいです。それで、どうして庭が好きなんですか？」

こんなことなら最初から素直《すなお》に訊《き》けばよかった、と思いつつ尋《たず》ねる。クロードの満足げな顔が憎《にく》らしい。けれど、本当はまったく興味がないわけでもない。

この前は自分の話ばかりをしてしまったから、クロードの話を聞くのもいいかなというのもあった。

「まぁ、そうはいっても単純な話だ。——俺は子どもの頃は体が弱くてな」

「え？」

奈津は思わず、隣《となり》に座るクロードの体を見つめてしまった。マッチョではないが、引き締《し》まった体つきはいかにも丈夫そうである。体が弱かったなどと言われても、俄《にわか》には信じ難《がた》かった。

「子どもの頃と言っただろう。十にもならない頃のことだ」

そう言ってクロードは苦笑《くしょう》する。

「しかも、俺の母上は俺を産んですぐ亡《な》くなってしまったし、陛下はしばらく後妻を娶《めと》ることもなかったからな。とにかく俺まで死なれては困ると、城の外には出して貰《もら》えなかった。いや、城どころかほとんど部屋に閉じ込められているような、そんな生活だった」

正直、今のクロードからは想像もつかなかった。

弟妹《ていまい》がいるという話だったが、そちらは母親が違《ちが》うということなのだろう。

「最初に与《あた》えられたのは温室だったたな。外に出ることはほとんどできなかったが、そこならばと言われて入り浸《びた》った。そのあと庭にも出られるようになったが……十になる頃まで、俺にとっては空の見える場所といえば庭だったんだ」

「そうなんですか……」

意外な話だったが、そういうことならば庭を好きになったのも、当然かもしれない。

十歳と言ったら、小学校の四年生くらいだろうか。子ども時代の一部を室内や庭だけで過ごしたのだと思うと少し気の毒だった。

「今は健康で、どこにでも行けるんだ。そんな顔をしなくてもいい」

クロードはそう言って笑うと、葡萄酒で唇《くちびる》を湿《しめ》らせて再び話し始める。

「俺が住んでいたあたりの庭を整備していた庭師は、六十過ぎの老人だった。だが、これが本当に頑固《がんこ》な男でな。さっき言っただろう？　芝生で裸足になって怒られた、と。それまで人に叱《しか》られることなんてほとんどなかったから、随分《ずいぶん》と驚いた」

そう言いながらも、クロードは楽しそうだ。

「最初は腹が立って仕方がなかったし、庭をわざと荒《あ》らすようなこともした。そのたびに叱られた。だが散々言われるうちに、俺も木の扱《あつか》いが分かるようになってきて……。庭に住んでいた猫《ねこ》が、木の枝を折ったことがあったんだ」

「猫？　飼っていたんですか？」

「昔はな。母上が猫好きだったらしくて、何匹《びき》もいた。そのうちの一匹が折ったんだ。それを前に庭師がしていたように処置しておいた。そしたら」

そこでクロードは一旦《いったん》口を閉じ、懐《なつ》かしそうに目を細めた。そして、ゆっくりと微笑《ほほえ》む。

「――――初めて庭師に褒《ほ》められた。単純な話だが、それで庭が好きになった」

おしまいというように、クロードがサンドイッチを口にする。

「好きだったんですね」

「うん？」

「その、おじいさんのこと」

奈津の言葉にクロードは少し困ったように笑った。

少し照れくさそうにも見えるその顔に、胸の奥がじんわりと温かくなる。

なんだろう？　少しだけクロードが近くなった気がする。

体が弱かったり、芝生で裸足になって叱られたり、猫の折った枝を直したりするクロード。

ゲームでクロードのルートを攻略《こうりゃく》していたら、そんなエピソードを聞くイベントもあったのだろうか？

わからない。けれど、それを今聞けてよかったと思う。

ここにいる自分として、聞けてよかった……。そんなことを思いつつ、フルーツサンドを口にした。

「どうした？　にやにやして」

「に、にやにやなんてしてないです！」

むっとして睨んだ途端《とたん》、クロードの指が頬《ほお》に触《ふ》れる。また抓られる、と咄嗟《とっさ》に奈津はぎゅっと目を閉じた。

――途端。

「ッ……」

唇の横を擦《こす》られて、慌《あわ》てて目を開ける。クロードが親指をぺろりと舐《な》めるのが目に入った。

「またクリームつけてたぞ」

そう言われて、慌ててごしごしと口を拭《ぬぐ》う。

前にもこんなことがあって、あのときは唇の端《はし》にキスされたのだと、思い出した。

今回そうされなかったのは、手を出さないという約束のためだろう。

分かっているのになぜか、少しだけガッカリしたような……。

――って、そんなわけない……！

「そんなに擦ると赤くなるぞ」

「ほっといてくださいっ」

なんだか複雑な気持ちのまま、奈津はまた食事を再開する。

そうして、そのままぽつぽつと話をしながら、バスケットを空にした。

「最近楽しそうね」

店を出るニックとフローラを見送ろうとしていたら、不意にフローラがそう言った。

「そっ……そうですか？」

驚《おどろ》いてぱちぱちと瞬《またた》く奈津に、フローラは微笑み、ニックが頷《うなず》く。

「よかったわ」

そう言ったフローラが本当に嬉《うれ》しそうで、奈津は少しだけ泣きそうになった。

そのまま二人を見送って、いつも通り自分の部屋へと戻《もど》る。

『楽しそう』

心当たりは一つしかない。

靴《くつ》を脱《ぬ》いで裸足《はだし》で床《ゆか》を歩き、ランプをフックに引っかけると、奈津は椅子《いす》へと腰掛《こしか》ける。

視線は自然と、机の上に置かれた小瓶《こびん》へと向かった。

瓶の中にはきれいな色のキャンディーが入っている。今はランプの灯《あか》りでオレンジの濃淡《のうたん》にしか見えないが、昼の光の中ではもっと多彩《たさい》な色をしていた。

先日、クロードにもらったものだ。残りはあと三分の一といったところだろうか。

歯を磨《みが》いてしまったあとだけれど、奈津は我慢《がまん》できずに瓶を開けると、キャンディーを一つ口に入れた。

甘くて、ほんの少しすっぱい。

からころと口の中で転がしながら、瓶を見るともなしに眺《なが》める。

クロードがここに来た回数は十を超《こ》えた。一緒《いっしょ》に夕食を食べるときもあれば、顔だけ出して帰るときも、贈《おく》り物だけがドアの前に置かれているときもある。

仕事は大丈夫《だいじょうぶ》なのかと思うけれど、訊《き》けばクロードが治めている砦《とりで》や街の視察に行く通りがかりに寄っていることもあるらしい。

ドラゴンはいなくなっても、それまでにあった被害《ひがい》がなくなるわけではない。そのせいで、いろいろと見て回る場所があるのだという。

城の中にいるよりずっといいと、本人は満足そうだ。

そして、約束通りクロードは一切《いっさい》、奈津に手を出していない。城では頻繁《ひんぱん》にあったセクハラもなりを潜《ひそ》め、頬を抓《つね》られることもほとんどない。

贈り物をしたり、奈津の話を楽しそうに聞いたり、早く結婚《けっこん》して欲しいとプロポーズを繰《く》り返したりはするけれど……。

そんなふうにされると、なんだか逆に落ち着かないと思うこともある。特に、あの芝生《しばふ》の上で、クロードの子どもの頃《ころ》の話を聞いてから、なんだか自分はおかしい。

「なんでだろ？」

ぽつりと呟《つぶや》きがこぼれる。

もうドラゴンはいないし、奈津を口説く必要はない。なのに、むしろ城にいたときよりも口説かれているような気がするからだろうか。

なんだか、まるで……。

「……ほんとに結婚したいと思ってるみたいじゃん」

口にした途端、カッと顔が熱くなった。

奈津は小瓶に視線を向けたまま、ぺたりと机に片頬をつけた。木製の机はひんやりとしていて火照《ほて》った頬に気持ちいい。

クロードが本当に自分を？　ありえないと思う。だって男だし。これといった特技も特徴《とくちょう》もない平凡《へいぼん》な異世界人だ。

「平凡な異世界人ってのも変な話だけど」

とりあえず、アピールポイントでは確実にないと思う。あと、考えられるとしたら『聖女』という肩書《かたが》きだが、それだってさっき思った通り、ドラゴンがいなければ意味がないわけで……。

そんなことを思っていると、ドアを叩《たた》かれた。

ハッとして奈津は体を起こし、立ち上がってドアを開ける。予想通り、そこに立っていたのはクロードだった。

「今日は来れないって、言ってませんでしたっけ？」

明日《あした》は奈津の休みだが、クロードは用事があると言っていたはずだ。

「いや、急に明日の予定が流れたんだ。入ってもいいか？」

「いいですけど……」

奈津が頷くと、クロードはドアを潜《くぐ》り、慣れた様子で靴を脱ぐ。奈津はドアの閂《かんぬき》を落として、もう一度椅子に座った。クロードはベッドへと腰掛ける。

「人に会う予定だったんだが、昨日まで雨だっただろう？　あれで橋が一つ使い物にならなくなったらしくてな。迂回《うかい》ルートだと三日も余計にかかる」

「そうなんですか」

なるほどと頷いてから、自分が少し緊張《きんちょう》していることに気づいた。

どうしてだろう？　心臓の鼓動《こどう》が、いつもより速い気がする。

「せっかく予定が空いたからな、ナツの顔を見たくなった」

「そ……そういうの、いいですから」

いつもと同じように言い返そうとしたのに、つっかえたのはそのせいだ。

クロードもまた、奈津の様子が少し違《ちが》うことに気づいたらしい。

「何かあったのか？」

「何かって、別に、何もないですよ？」

実際、特に何かがあったわけではない。

ただ、直前まで考えていたことがことなだけに、妙《みょう》に意識してしまっているだけだ。

そんなはずないと思っているのに、ちらちらと疑問が脳裡《のうり》をよぎる。

「ナツ」

どこか窘《たしな》めるような響《ひび》きで名前を呼ばれて、奈津はきゅっと唇《くちびる》を引き結ぶ。

「俺には言えないことか？」

「……そうじゃないです」

隠《かく》しごとというほどのものでもない。

ただ、自分がひどく自惚《うぬぼ》れているような気がして恥《は》ずかしいというだけで……。

クロードは何も言わない。ただ、奈津が何かを言うのをじっと待っているようだ。

そして黙《だま》り込まれると、何か言わなければならないと思ってしまうのはなぜなのか。

「ちょっと、疑問だったんですけど……『聖女』と結婚すると、なんていうか、その……箔《はく》？

みたいなのが付くとか、そういうのがあるんですか？」

奈津の言葉に、クロードは驚いたように目を瞠《みは》り、それからしばらくして噴《ふ》き出した。

「ちょ、な、何笑ってるんですかっ」

「ナツがおかしなことを言うからだ」

「別に、おかしなことなんて言ってないです」

ごく普通《ふつう》の疑問のはずだ。

「ナツがそんなことを考えていたとはな」

クロードはひとしきり笑ったあと、呆《あき》れたようなため息をついた。

「確かに、ナツが『聖女』であることで有利な点がないとは言わない。だが、それは俺がナツと結婚すると言っても反対されない、という程度のことだぞ？」

「……本当に？」

奈津の言葉に、クロードははっきりと頷く。

「例えば、俺が琥珀亭の店員と結婚したい、というのは相当難しい、というのは分かるだろう？」

「そりゃ……そうでしょうね」

男で、なんの身分もない。それに対して、クロードは王子様だ。普通に考えて、周囲からは反対されるだろう。

「それでも、ナツが『聖女』だと知られるのがどうしても嫌《いや》だというなら、方法がないわけじゃない」

「そうなんですか？」

意外な言葉に、奈津はパチリと瞬《またた》く。

「ああ。まず、ナツをどこかの貴族の養子にする。それから正妃《せいひ》を別に娶《めと》って、次にナツと結婚する。……これならば可能ではある。側室で、さらに一応の体面を整えてあるなら、という判断だな」

なるほどそういうものか、と頷《うなず》きながら、奈津はなんとなくもやもやとした気分になる。

それがなぜだか分からないまま、

「だが、『聖女』ならば、なんの問題もなく、正妃としてナツを迎《むか》えることができると、そういうわけだ。分かりやすい利点だろう？」

確かに、そうかもしれないが、それはクロードの立場にはなんのプラスにもならないだろう。結婚するための利点であって、その後にはなんの関係もない。

「俺はお前に求婚しているんであって、『聖女』という立場に求婚しているわけじゃない。分かってくれたか？」

「………分かりました、けど」

余計に分からなくもなった。

「だったらなんで……」

それならやはり、自分にはなんの価値もないのではないか？　そう思えてならなかった。

どうして、クロードが自分と結婚したいなどと言うのか……。

「うん？」

「――なんで、クロードは俺と結婚《けっこん》したいなんていうんですか？」

気づいたときには、もうぽろりと言葉がこぼれ落ちていた。

こぼれたと気づいた途端《とたん》、諦《あきら》めがついて、奈津はもう一度、今度はちゃんと考えて口を開く。

「もう俺に用はないでしょう？　もうこの国にはドラゴンもいないのに、どうしてクロードは俺に結婚しようなんて言うんですか？」

そう言って、奈津はクロードを見た。

クロードは驚《おどろ》いたような、不思議そうな顔をしている。

「……ナツに惚《ほ》れているからに、決まっているだろう？」

落ち着いた声で告げられた言葉は、一瞬《いっしゅん》の間を置いて、奈津の頭に届いた。

「は？」

「まさか知らなかったのか？」

クロードはそう言うと、ぱちりと瞬き、やがて声を上げて笑い出した。

「ちょ、な、なんなんですか？」

やっぱり冗談《じょうだん》だったのだろうか？

そう思った途端ひどく胸が痛んだけれど、それをなぜと思うより早くクロードが再び口を開いた。

「いや、そうか……ナツは知らなかったのか。そんなことにも気づかずに口説いていたなんて、俺は随分《ずいぶん》と滑稽《こっけい》だと思ってな」

そう言って今度は苦笑《くしょう》する。

「そもそも俺は、あまり名誉《めいよ》なんてものには興味がない。ドラゴンを倒《たお》す役目も、誰《だれ》がやってもいいと思っていたんだ」

「そう……なんですか？　でも、クロードは最初から乗り気だったじゃないですか」

だから、そういうのは、為政者《いせいしゃ》にとっては大切なものなのだろうと思っていた。

「お前を別の男に取られるのが業腹《ごうはら》だったからに決まっているだろうが。力を手に入れたから、仕方なく倒してきてやっただけだ」

クロードの手がゆっくりとこちらに伸《の》びてきて、奈津の頬《ほお》に触《ふ》れる。抓《つね》られるかと思ったけれど、その手はやさしく頬を撫《な》でた。

「俺がお前を好きだから口説いていると、一度も思わなかったのか？」

「……思うわけがないでしょう」

まだ少し呆然《ぼうぜん》としたまま口にする。

好きだから？

「だって、そんなの……」

好きになられる要素なんてまったく思いつかなかった。いや、確かに好感度が上がっているかも、フラグが立ってしまったかもと思うことはあったけれど、自分の中でそれは、現実とは乖離《かいり》した場所にあった。

システムでない感情を、クロードが自分に向けてくれているなんて、ずっと考えずにいたのかもしれない。

けれどここのところは、少し違《ちが》っていて……。

——ああ、そうか。

コルニオに来て、琥珀亭で働き始めて、ここが自分の中でも現実になった。それでようやく、パラメーターとかフラグとかそういうものじゃない、『人間』としてクロードを認識《にんしき》できたのかもしれない。

クロードはゲームの攻略《こうりゃく》キャラではなく、人間で、そして……自分のことを好きだと言っている。

そう、理解した途端。

「っ……」

カッと頬が熱くなったのが分かった。その上、その頬にクロードの手が触れているわけで……。

「わ、わ……」

奈津は慌《あわ》てて頭を振るようにして、その手から逃《のが》れようとした。けれど、逆にぎゅっと両手で挟《はさ》み込まれてしまう。

った。
そう訊《き》きながらも、クロードの表情は、奈津が狼狽《うろた》えるのを楽しんでいることが丸わかりだった。

「急にどうした？」

「は、放してくださいっ」

そう言ってクロードの手首を摑《つか》んだけれど、むしろぎゅっと顔を押し潰《つぶ》される。

「……反抗的《はんこう》な態度をとられるとぞくぞくするな」

「へ……変態……」

なんだか懐《なつ》かしいようなやりとりなのに、心臓がうるさくて仕方なかった。

クロードの目が、真っ直《す》ぐに奈津を見つめている。その目は嬉《うれ》しそうで……それ以上に胸の中にまで届きそうなくらいの熱量がある。

どうして、今まで気づかなかったのかと不思議なくらいだった。

「ど、して……」

「うん？」

「どうして、俺なんか……」

「……気になるか？」

クロードの言葉に、奈津は少しだけ躊躇《ちゅうちょ》して、それからこくりと頷く。

「そうだな……目を閉じたら教えてやろう」

「なっ……」

極近《ごく》くで、目を覗《のぞ》き込むようにしてそんなふうに言われて、奈津は思わず言葉に詰《つ》まった。

「どうする？」

あくまでも、選ぶのは奈津だというように、クロードは問う。

クロードが自分を好きになった理由。それは奈津にとっては最大の謎《なぞ》である。そんなことを知ってどうするのかという気もしなくはないけれど……。

「目を閉じたらどうなるんですか？」

「俺が奈津のどこが好きかを聞かせてやる」

「……それだけ、ですよね？」

そう訊いた奈津に、クロードはにっこりと笑った。

「そんなはずないだろう？」

「そっ……そういうの、卑怯《ひきょう》だと思いますけど」

「ならやめておくか？」

語尾《ごび》は疑問符《ぎもんふ》を表すように半音上がっていたけれど、クロードの目は確信しているようだった。

もう、きっとクロードには知られてしまったのだ。クロードの気持ちが、初めてちゃんと、奈津の心に届いたということが。

「うー……」

小さく唸《うな》り声を上げて、奈津は視線を泳がせる。どうして自分がこんなに悩《なや》んでいるのか分からなかった。

別に、どうでもいいではないか。クロードが自分を好きな理由なんて。けれど、もしそれをどうしても知りたいと思う理由があるとするならそれは、信じたいからに他《ほか》ならない。

クロードが自分を好きだという言葉を、本当のことだと信じたい。

それがなぜかっていったら……。もう、ほとんど答えは出ているようなものだ。

心臓の音がますますうるさくなる。

「強情《ごうじょう》だな」

クロードはいつまで経《た》っても目を閉じようとしない奈津に、そう言って苦笑する。

「キスしてもいいだろう？」

いつか言った、いいというまで無理強《むりじ》いはしないという言葉を、クロードはちゃんと覚えていたらしい。

もちろん、奈津だって覚えている。けれど、こんなときはいっそ無視して欲しかったと思う。

――そんなにチョロいつもりなかったんだけど……。

結局、奈津は頷《うなず》く代わりに目を閉じた。

「ひっ…あ、あっ、ん……っ」

ベッドの上、小さなオレンジの灯《あか》りに照らされて、奈津は抑《おさ》えきれない声を零《こぼ》す。

足の奥、いつぞやクロードのものを突《つ》き入れられた場所を指で解《ほぐ》されながら、痛いほど張りつめた場所に絡《から》みつくクロードの舌の感触《かんしょく》に震《ふる》えていた。

指が蠢《うごめ》くたびに、きゅうっと締《し》めつけてしまうけれど、クロードの指が止まることはない。

ぐちゅぐちゅと濡《ぬ》れた音が立つほど、執拗《しつよう》にかき混ぜられて、たまらない快感にクロードの顔をぎゅっと太股《ふともも》で挟み込んでしまう。

あのときもそうだった。こうやって、しつこいくらい解されて、それで、あの太いもので中を……。

「あぁ……っ」

思い出した途端《とたん》、ぶるりと体が震えた。とろりとまた体の奥が蕩《とろ》けるような、そんな心地《ここち》がして、濡れた声がこぼれる。

今日はあの夜よりもさらに、感じやすくなっている気がした。

「も、はなし……てっ……」

膝《ひざ》ががくがくと震えているのは、絶頂が近い証拠《しょうこ》だ。このままでは、クロードの口に出して

しまう。

さすがにそんなのはだめだと思うのに、いくら言ってもクロードは放してくれない。それどころか、徐々《じょじょ》に舌の動きが激しくなっている気さえした。

「やだ…っ、や…っ、んっ……だめ…も、出る……ぅっ」

必死で我慢《がまん》していたのに、先端《せんたん》を強く吸われて、結局そのまま達してしまう。

「は、なしてって……言ったのに……っ、も、ここに出して…」

恥《は》ずかしさといたたまれなさに、泣きそうになりながら、枕《まくら》に掛《か》けていたタオルを押しつけた。けれど、クロードはただ嬉しそうに笑って、そのまま口の中のものを嚥下《えんか》してしまう。

「なっ、なんで飲むんだよばか！」

「ナツのだからに決まっているだろう。そんなに嫌《いや》そうな顔をされるならなおさらだ」

その言葉に、最近すっかりなりを潜《ひそ》めていたけれど、やっぱり性癖《せいへき》はそう簡単に変わらないんだなと思う。

「……んっ」

羞恥《しゅうち》と悔《くや》しさと、なんだか分からないものに顔を顰《しか》めていた奈津は、ずるりと指を抜《ぬ》き出されて、肩《かた》を揺《ゆ》らした。

「充分《じゅうぶん》広がったか？　物欲しそうにひくひくしているな」

「い、言わなくていいですからそういうの……！」

カッと頬《ほお》が熱くなって、奈津はクロードを睨《にら》む。けれどそのせいで、クロードがズボンの前立てをくつろげて、半ばまで立ち上がったものを擦《こす》りあげているのが、はっきりと見えてしまった。

「っ……」

あれが、今から自分の中に入ってくる。

「物欲しそうな顔だな」

「そ、そんな顔してないです……」

慌てて反論したけれど、自信はなかった。期待していないと言ったら嘘《うそ》になる。

「欲しくないか？」

クロードはそう言いながら、奈津の両足を抱《かか》え上げ、充分な硬《かた》さになったものを、蕩けて口を開けている場所へと押しつけてくる。

「あ……」

まるでそれに吸いつくように、自分のそこがひくりと蠢くのが分かった。

「体は正直だな」

「は、恥ずかしい台詞《せりふ》地雷《じらい》です……っ」

「また何やらおかしなことを……」

「あ、あ…ッ…」

言いながらズブズブと中を割り開くように押し込まれて、奈津の口から高い声がこぼれる。背中がぎゅっと弓なりになり、入ってくるクロードのものを締めつけた。

「ひ、あっ…あ……」

奥まで突き入れられて、息が止まりそうになる。

そんな深いところまで入っていただろうか？　わからないけれど、体の深い場所まで全部を埋《う》められた気がして苦しい。

「こら、そんなに締めつけるな」

クロードはそう言うと、動かないままゆっくりと奈津の髪《かみ》を撫《な》でる。

それにほっとして、中が少しだけ緩《ゆる》んだ気がした。苦しいのは変わらないけれど、呼吸が楽になる。

「大丈夫《だいじょうぶ》そうか？」

「は、い……」

確認《かくにん》されるとかえって恥ずかしいと思いつつ、奈津は小さく頷いた。

クロードはそんな奈津に笑うと、触《ふ》れるだけのキスをする。そして、ゆっくりと腰《こし》を動かし始めた。

最初は奥のほうを突くような動きだったが、それが徐々に大きくなっていく。

「あっ！　あぁ…っ、ん……っ」

ずるりと引き出されて、ぞわぞわと背筋に快感が走る。

けれど、全《すべ》てを抜き出す前にまた深いところまで埋められた。

かと思えば入り口の近くを何度も擦られて、どろりとした快感が腰のあたりに纏《まと》わり付く。

一度イッた場所がまた、ゆっくりと頭を擡《もた》げていくのが分かった。

「随分《ずいぶん》気持ちよさそうだな」

「あ、あっ、だめ…っ、中、そんなに……ぃっ」

熱くて大きなもので気持ちのいい場所をたくさん攻《せ》められて、腰から下が溶《と》けてなくなってしまいそうだと思う。

苦しさはもう感じなくなっていた。浅いところも、深いところも全部気持ちがいい。

「ひ、あっ、あっ、ああ――……っ」

やがてぐっと強く、一際《ひときわ》奥へと突き入れられて、奈津はぶるりと体を震わせた。触れられたわけでもない場所から、とろとろとこぼれるように白濁《はくだく》が伝い落ちる。

すぐに中でクロードのものが大きく脈打ち、欲望《よくぼう》を吐《は》き出したのが分かった。

途端に下腹部が熱を持ったように熱くなる。

「あ……ぁ…」

指が白くなるほどシーツを握《にぎ》っていた手を持ち上げて、奈津はまだ中にクロードを呑《の》み込んだままの腹を撫でた。

「どうした？」

「ここ、熱い……」

呆《ほう》けたような奈津の言葉に、クロードがごくりとつばをのむのが分かった。

同時に体の奥というか、手の下でクロードのものが膨《ふく》らんだ気がして、ぎょっとする。

「な、なんで……また…」

「ナツが煽《あお》るのが悪い」

「煽る……？」

何を言われたのか分からなかったが、すぐに自分の行動を省《かえり》みて、奈津は真っ赤になった。

「ち、ちが……え、エロい意味じゃなくて……っ」

もっとフィジカルな話だったのだ。いや、エロいこともフィジカルだが。

「ここの、痣《あざ》が……っ」

「うん？……ああ、なるほど」

クロードは奈津の腹を見てから、今度は自分の腹を見て納得《なっとく》したように頷く。

「だが、煽られたものは仕方ない。そうだろう？」

「なっ、あぁ…っ」

クロードに腕《うで》を引かれて、そのまま膝の上に乗せられる。

いわゆる対面座位というやつだ。自重でクロードのものが、奥まで入り込んでくる。

「も、だめ……っ、あっあんっ」

そのまま、ぐっと下から突《つ》き上げられて、たまらず奈津は悲鳴を上げた。

「あ、あっ、やだ……ぁ」

揺らされるたびに中に出されたものがこぼれ出して、おかしな気分になる。自分が粗相《そそう》したわけでもないのに、ものすごく恥ずかしい。

「や、あっ、そ、な……奥……ぅっ」

力の入らない体を揺さぶられるたびに、深い場所まで開かれていくようだった。

ぐちゅんぐちゅんと、耳を塞《ふさ》ぎたくなるような水音もする。

気持ちがよすぎて、頭がおかしくなりそうだった。そうしてもう一度中で出されたところまではなんとなく覚えている。

ただ、快感の中で声を零《こぼ》して、いつしか奈津の意識はふっつりと途絶《とだ》えた……。


どこかで誰《だれ》かの話し声がした気がして、目が覚めた。

窓に目をやると、まだ外は暗い。半分寝《ね》ぼけたまま、奈津は手のひらでごそごそとベッドを探《さぐ》って、そこにクロードがいないことに気づいた。それでまた、少しだけ覚醒《かくせい》する。

何度か瞬《またた》いているうちに、窓の下からぼそぼそと話し声がしていることに気がついた。やはり、話し声がしたと思ったのは間違《まちが》いではなかったらしい。

起きるかどうか迷った。けれど……。

「――いつレクシスの手が及《およ》ぶとも限らないんですよ……!?」

一瞬《いっしゅん》だけ、声が大きくなって、内容が奈津の耳に届く。

どこか切羽詰《せっぱつ》まったような声だった。言っていることもなんだか穏《おだ》やかではない。レクシスというのは確か隣国《りんごく》の名前だったはずである。

何かクロードの身に危険なことでも起こっているのだろうかと心配になって、結局奈津はそろりとベッドを抜《ぬ》け出した。裸《はだか》のままというのがどうにも落ち着かず、けれど着替《きが》えている余《よ》裕《ゆう》もない。薄《うす》い蒲団《ふとん》を引き摺《ず》るように体に巻き付けて窓辺まで行く。

窓から見下ろすと、男が二人立っているのが見えた。一人はクロードで、もう一人は知らない顔だ。おそらくクロードを訪ねてきたのだろうが、こんな時間に？　と疑問に思う。よっぽど急を要することが起こっているのだろうか。

ますます心配になり、奈津は少しの逡巡《しゅんじゅん》ののち、細く窓を開ける。途端《とたん》に、男の声が聞こえるようになった。

「この際、事情を説明して……」

しかし、それに対するクロードの声はよく聞こえない。よほど声を抑《おさ》えているのだろう。何かを喋《しゃべ》っていることは分かるのだが……。

「幸いまだ『聖女』の情報は摑《つか》まれていないようですが、いつどこから漏《も》れるとも限りません」

『聖女』という言葉に、どきりとする。

クロードのことばかり心配していたが、どうやら奈津自身も無関係ではないらしい。

そうして、なんとか聞こえてくる男の言葉だけを拾ううちに、奈津は徐々《じょじょ》に自分の体から力が抜けていくのが分かった。血の気が引いているのだろうか。指先が冷たくて、妙《みょう》に強《こわ》ばる。

どうやら、隣国のレクシスもまた、ドラゴンの脅威《きょうい》にさらされており、その対応策として『聖女』の力を手に入れようとしているらしい。アリエスとしては、『聖女』がレクシスに渡《わた》るのは喜ばしくない。そのため、クロードに奈津を連れ帰るようにという命令が出ている……。

クロードが何を言っているかは分からないから、話はややツギハギになる。だが、まとめればそういうことだった。

つまり、ここのところクロードが奈津のところに足繁《あししげ》く通って来ていたのは、奈津を城に連れ帰るための算段だったということだろう。

『聖女』の力が隣国に渡らないようにするのが、クロードの目的だったのか……。

奈津はもう痣の消えている自分の腹を、そっと撫でる。脳裡《のうり》に浮《う》かぶのは、ついさっき、眠《ねむ》りに落ちる前に見た、クロードの体に現れた痣だ。

別にもう使う当てもない力なんてどこにあってもいいと、奈津は思ったけれど、クロードは――というか、国的には、そうではなかったということだろう。

「とにかく、一刻も早く連れ帰っていただかないと」

その言葉に、クロードがなんと答えたかは分からない。けれど、ある程度納得のいく答えだったのか、男は深く頭を下げると踵《きびす》を返した。

半ば呆然《ぼうぜん》としていた奈津も、慌《あわ》てて窓を閉めると、ベッドへと戻《もど》る。

すぐに階段を上がる足音がして、奈津は入り口に背を向けるようにして蒲団をかぶり、ぎゅっと目を瞑《つぶ》った。

起きていたことがクロードにばれないようにと祈《いの》りながら、できるだけ呼吸を深くする。

どきどきと心音がうるさかったが、クロードは奈津が寝ていると思ってくれたのか、そのままベッドに潜《もぐ》り込むと、静かに横になる。

けれど、やがてクロードの寝息が聞こえても、奈津はもう眠ることはできなかった。

◆

翌朝、目を覚ましたクロードに、城に戻るから奈津も一緒《いっしょ》にと言われて、奈津は静かに頭《かぶり》を振《ふ》った。あのあとはまんじりともできなかったせいか、頭が重い。

「そんなの、急に言われても無理ですよ」

ひょっとして告げられるかもしれないと思っていた言葉だったから、奈津は用意していた通りの返答を口にすることができた。

「俺にだって仕事があるんですから。今日は休みですけど、急に俺が辞《や》めたりしたら、琥珀亭に迷惑《めいわく》がかかるし……」

「……それもそうか」

食い下がられるかとも思ったけれど、意外にもクロードはあっさりと引いてくれた。

考えてみれば、当然のことかもしれない。クロードは再び聖女の力を手に入れているのだ。自分を無理に連れて行かなくとも問題ないのだろう。

「本当はこのままナツが了承《りょうしょう》してくれるまで粘《ねば》りたいところだが、残念ながら一旦《いったん》城に帰らなければならない用事があってな。またくるから、そのときはじっくり説得させてもらうぞ」

その言葉の真偽《しんぎ》が分からないまま、奈津はただ苦笑《くしょう》してクロードを見送る。

正直助かった。

今は、クロードの顔を見たくない気分だったから。

それから風呂《ふろ》の道具を持って、公衆浴場へと向かった。まだ随分《ずいぶん》と早い時間だから、今だったら空《す》いているだろう。

予想通り、風呂は空いていて、奈津はできるだけ人目を避《さ》けるようにして手早く体を洗うと、大きな浴槽《よくそう》に体を沈《しず》めた。

消えた痣《あざ》や、赤く散った鬱血《うっけつ》のあとが目に入ると居たたまれないような気分になったが、それでも一晩をクロードと過ごしたあの部屋にいるよりはましだと思う。

どうしてあんなことをしてしまったのだろう……。

奈津はそっとため息をこぼす。

ちゃんと拒《こば》むべきだった。そうすれば、クロードはきっと引いてくれただろう。そのことに関しては疑ってはいなかった。

無理矢理《むりやり》にしようとするなら、今まで何度だって機会はあったのだ。

昨夜《ゆうべ》、おそらく城からの使いだったのだろう男が言っていたことを思い出してみれば、クロードができる限り、時間をかけてくれていたことは分かる。

そのこと自体は、ありがたいと思うべきなのだろうか……。

少なくとも、奈津に『聖女』の力こそが必要なのだと、分からないようにしてくれたことは、クロードなりのやさしさのようにも思える。

そこまで考えて、奈津は自嘲《じちょう》の笑《え》みを浮かべた。

この期《ご》に及んで、クロードを悪い男ではないと思いたがっている自分に気づいたからだ。

だって、そうでなかったら、自分があまりにも……。

涙《なみだ》がこぼれそうになって、奈津は慌ててぱしゃりと顔を濡《ぬ》らすと、風呂を出た。

帰りたくはなかったが、そういうわけにもいかず部屋へと戻る。けれど、すぐに洗濯物《せんたくもの》を持って部屋を出た。

家事が大変でよかったと、そんなふうに思う。体を動かしているうちに、時間はどんどんと経《た》っていく。

部屋の掃除《そうじ》を念入りにし終えた頃《ころ》には、もう夕方になっていた。奈津は少し迷って夕食を食べに出ることにした。

けれど、部屋の鍵《かぎ》をかけて下へと降りた奈津は、通りに出た途端、店の前に見知った男が立っていることに気づいて目を瞠《みは》る。

「ナツさん」

「……カイルさん？」

そこにいたのは、カイルだった。鎧《よろい》ではなく、なんだか少し高そうな服を着て、マントをして、なんというか……。

「あ、出世しました？」

奈津の言葉に、カイルはぱちりと瞬《また》き、困ったように笑う。

「少しだけですけどね」

それはやはり、ドラゴン退治の関係なのだろう。

「こんなところでどうしたんですか？」

「ナツさんに話があって……。よかったら少し時間をもらえますか？」

正直、人と話すような気力はなかった。それに、おそらくだが、カイルもまた自分に城に戻れと言いに来たのだろうと思うと気が重い。

けれど、カイルには城から出るのを助けてもらったという恩があるし、城からここまでの距《きょ》離《り》を思うと、断るのも気が引ける。

「……少しだけなら」

「ありがとうございます。それでは……そうですね。人に聞かれないほうがいいこともあるので、よかったら私の馬車へどうぞ」

そう言ってカイルが連れて行ったのは、街の中にある、多くの馬車が停《と》められている場所だ。

そのうちの一つ、二頭立ての箱型の馬車に近付くと、御者《ぎょしゃ》が気がついて踏《ふ》み台を置いてくれる。

奈津はカイルの手を借りて乗り込んだ。

馬車は四人乗りらしく、ゆったりとしたソファのような席が向かいあっている。カーテンは全《すべ》て閉められていて、ランプの灯《あか》りが点《つ》いていた。座席には大きめのバスケットが一つ置かれている。

御者がドアを外から閉めると、馬車がゆっくり動き出す。

「話す間、街の中を回らせます」

その言葉に頷《うなず》くと、カイルはバスケットの中からグラスと、葡萄酒《ぶどうしゅ》の瓶《びん》を取り出した。

「夕食はもう食べましたか？」

「いいえ、これから食べに行こうと……」

「ならよかった。簡単なものですが、よかったら」

そう言って差し出されたバスケットの中には、サンドイッチが入っている。前に、クロードと芝生《しばふ》の上で食べたことを思い出して、ズキリと胸が痛んだ。

あれも全部、自分の心を開かせるための方策だったのだろうか……。

「元気がありませんね」

「え？」

カイルの言葉に顔を上げると、葡萄酒を注いだグラスを差し出された。奈津はそれを受け取る。

「何か悩《なや》みごとでも？　やはり、市井《しせい》での暮らしは大変ですか？」

「いえ……そういうわけじゃなくて」

奈津は言い淀《よど》んでグラスに視線を落とす。

カイルはどこまで知っているのだろう？　どうして今日、自分を訪ねてきたのだろう？

「では、殿下《でんか》と何かありましたか？」

「っ……」

思わぬ問いに、奈津は息を呑《の》んだ。グラスが揺《ゆ》れて、葡萄酒がこぼれそうになる。

「大丈夫《だいじょうぶ》ですか？」

カイルの問いにこくこくと頷く。しかし、これでは何かあったと言っているようなものだ。当然カイルもそう思ったのだろう。

「……やはり、何かあったんですね」

何かを考えているような沈黙《ちんもく》のあと、そう口にした。けれど、奈津はなにも言えないまま、ただぎゅっと唇《くちびる》を噛《か》む。

そして、ごまかすようにグラスに口をつけた。カイルは心配そうに奈津の様子を窺《うかが》っていたが、グラスの中身が半分ほど減った頃になって、そっと口を開く。

「実は、私の話も殿下に関係のあることなんです」

「殿下に……ですか？」

てっきり城に戻《もど》ってくるようにという話だろうと思っていた奈津は、驚《おどろ》いて目を瞠った。

奈津を見つめたまま、カイルがはっきりと頷く。

「殿下にご結婚《けっこん》のお話があるのは、ご存じでしたか？」

「――――え？」

結婚？

クロードが？

寝耳《ねみみ》に水の言葉に、驚きを通り越《こ》して、呆然《ぼうぜん》としてしまう。正直頭がついていかなかった。

確かに今自分はクロードとのことで頭を悩ませていたけれど、まるで方向性の違《ちが》う問題に突然《とつぜん》頭を横殴《よこなぐ》りにされたような、そんな気分だ。

「もちろん、殿下が側室を娶《めと》るのは、おかしなことではありませんし、それを不実だとは言わないかもしれない」

側室、という言葉に昨日の会話を思い出す。

確かに、クロードにとってそれは当たり前のことなのだろうと思う。それに、奈津も別に昨夜のことで自分がクロードと結婚するのだと、そう思ったわけではなかった。

――――なかった、はずだ。

「けれど……」

正面に座っていたカイルが腰《こし》を上げ、奈津の足下《あしもと》に跪《ひざまず》いた。

「あ、あの……」

どうしたのだろうと戸惑《とまど》う奈津の、グラスを持っていないほうの手を、カイルが押しいただくように摑《つか》む。

「私なら、あなただけを大切にします」

「…………は？」

今度こそ、奈津の思考は真っ白になった。

あなただけを大切にする？

一体どういう意味だ？

「あの、ちょっと意味が……」

「今はわからなくても……最初は友人としてでもいい。私を頼《たよ》って欲しいんです」

自惚《うぬぼ》れだろうか？　これではまるで口説かれているようではないか。

なんだか頭がくらくらする。

「このまま、一緒《いっしょ》に私の故郷に行きませんか？　そこでゆっくりと過ごしながら、これからのことを考えて欲しい。できれば、私と共に歩む道であれば嬉《うれ》しいですが……そうでなくとも構わない。あなたを幸せにしたいんです」

それは思わず縋《すが》り付きたくなるような、自分にとって都合のいい言葉だった。

整理のつかない心や、絡《から》まった思考を解くだけの時間が欲しくて、その間はクロードの顔を見たくない。

そんな願いが、叶《かな》いそうで……。

けれど。

「――――……考えさせて、ください」

クロードにも言ったけれど、すぐには店を離《はな》れられない。あんなに世話になったのに、恩を仇《あだ》で返すような真似《まね》はしたくなかった。

それに、逃《に》げ出すことが自分にとって正解なのかも、ちゃんと考えなければならないと思う。逃げ出すことは悪いことではないと思うけれど、その結果、もっとずっと苦しくなることも、あるのだから。

「……そうですか。残念です」

「すみません……あっ」

謝罪した途端《とたん》、ふっと手に力が入らなくなって、奈津は葡萄酒のグラスを取り落としてしまった。幸いグラスは割れなかったが、こぼれた葡萄酒がカイルの膝《ひざ》を赤く染める。馬車の中に葡萄酒の香《かお》りが広がった。

「ご、ごめんなさい」

謝って、グラスに手を伸《の》ばそうとした途端、さっきも感じたように頭がくらりとして、奈津は額を押さえる。

「大丈夫ですか?」

カイルの腕《うで》が、奈津の肩《かた》を抱くようにして支えた。

どうも調子がおかしい。そう気づいたときにはすでに遅《おそ》かったのだろう。

「できれば穏便《おんびん》に済ませたかったんですが」

「何……を……」

その言葉の意味を問うこともできないまま、奈津は抗《あらが》いがたい眠気《ねむけ》に襲《おそ》われて、そのまま目《ま》蓋《ぶた》を閉じた。


バスの外を流れる景色をぼんやりと眺《なが》める。

一番うしろの座席には奈津だけが座っていた。外は雨が降っているようだ。窓を水滴《すいてき》が滑《すべ》り落ちる。

薄暗《うすぐら》い風景。見慣れた景色は故郷のものだ。

――ああ、そっか。

高校への通学バスの風景だ。普段《ふだん》は自転車で通っていたけれど、雨の日だけはこうしてバスに揺られていた。

バスの外の景色はやがて、大学とアパートの間のものに変わる。寂《さび》れた商店街。子どものいない狭《せま》い公園。チェーン店のカフェの看板、日に焼けたシェードのある書店。

そのあとはコルニオの風景に変わる。

琥珀亭のある通りや、大通り、市場。そして遠くには、王城の中のあの館《やかた》が見える。

「……随分《ずいぶん》遠くへ来たなぁ」

気づいたらそんな言葉がこぼれ落ちていた。

このまま、自分はどこへ行くのだろう。

また流されていくのだろうか……。

突然、隣《となり》に座っていた男にそう言われて、奈津は車内に視線を向ける。

「一緒に私の故郷に行きませんか？」

知っている顔だ。けれど、なぜだかとても平面的に見える。

まるで、画面の中の人物みたいに……。

そう思った途端、男の下にメッセージウィンドウが現れ、選択肢《せんたくし》が明滅《めいめつ》する。

ああ、そうだった。これはゲームだ。フラグを立てたり折ったりして、ただエンドマークが出るまで進めばいい。

現実ではないのだから、どんな結果になろうと傷つく必要もない。

――――そのはず、だったのに。

なぜ、自分はここを現実だと思ってしまったのだろう。

この世界が乙女《おとめ》ゲームだったらよかったなんて、思う日が来ると思わなかった。

もしも乙女ゲームなら、王子様とヒロインはくっついて、そうしたらそのあとはずっと幸せに暮らしたはずなのに。

聖女の力だとか、側室だとか、そんなものに振《ふ》り回されることも、なかったはずなのに……。

がたんと体が揺《ゆ》れて、肩の痛みに奈津は眉《まゆ》を顰《ひそ》めた。

目を開けると、視界は随分と薄暗い。何度か瞬《まばた》きをするうちに、今見ていたのが夢だったと分かった。

「ああ、目が覚めましたか」

声をかけられて、奈津はハッと目を瞠《みは》る。声のしたほうへと視線を向けるとそこには、カイルが座っていた。カイルの姿が横になって見えるのは、自分のほうが座面に横倒《よこだお》しになっているせいらしい。

状況《じようきよう》がわからず、奈津はぼんやりと馬車の中を見回す。

――――そうだ。自分はカイルに言われて彼の馬車に乗り、そして……。

「……あれ」

考えつつも体を起こそうとして、奈津はようやく腕が動かないことに気づいた。どうやら後ろ手に縛《しば》られており、肩の痛みはそのせいだったようだ。同時に、眠《ねむ》りに就《つ》く前に感じた、異様なまでの強い眠気を思い出す。

ひょっとして、何か薬でも盛られたのだろうか？　分からない。けれど、少なくとも状況からして自分の腕を縛ったのは、カイルで間違《まちが》いないだろう。

「どうして、こんな……」

奈津は腕を使わないまま、どうにか体を起こした。その間にも馬車は揺れ続けている。揺れは激しく、どうやら街の中を走っていたときとは比べようもない速さで、移動しているようだ。

「私としても、できることなら同意していただいた上で、一緒に来ていただきたかったんですが、悠長《ゆうちょう》にしているだけの時間がなかったものですから」

「時間がない？」

「ええ。……こうなった以上隠《かく》していても仕方のないことですね」

カイルは頷《うなず》くと、ゆっくりと口を開く。

「ナツさんに言ったことはありませんでしたが、私はレクシスの生まれなんです」

「レクシスって……隣の？」

「ええ」

奈津の脳裡《のうり》に、以前カイルの部屋で見た外国語の本が浮《う》かんだ。あれはひょっとすると、レクシスの言葉で書かれた本だったのだろうか。

そして、レクシスと言えば昨夜《ゆうべ》盗《ぬす》み聞きしてしまった会話を思い出す。あれもまた、レクシスの話だった。

「ドラゴンが出たって……」

「ああ、すでにご存じだったんですね」

そう言ってカイルは苦笑《くしょう》する。そうして、淡々《たんたん》とした声で、カイルは語り始めた。

「私の親は、レクシスでは有力な貴族だったんです。ですが、私が八つのときです。父の弟……私にとっては叔父《おじ》に当たる人間が謀反《むほん》の容疑で処刑《しょけい》されました」

謀反は当然ながら重罪である。

本人やその家族だけでなく、一族郎党《ろうとう》すべてが罪を被《かぶ》ることになった。そうして、カイルの父親もまた処刑され、母親とカイルだけが、母の生家のあるこのアリエスに逃げ延びたのだという。

しかし長旅と心労で母親は心の病になってしまった。カイルは、地方で豪農《ごうのう》をしている母の親戚《しんせき》に引き取られ、剣《けん》の腕だけでアリエスの騎士《きし》となったらしい。

「このままアリエスに、骨を埋《うず》めることになるのだと思っていましたが……レクシスがドラゴンの脅威《きょうい》にさらされていると聞いて、考えたのです。この機会に『聖女』を連れ帰れば、家の再興も夢ではないのではないか、そうすれば母の心も癒《い》えるのではないか、と」

「そんな……」

カイルの言葉に、奈津は言葉を失う。

確かに、カイルの願いは叶《かな》うのかもしれない。そのあたりの政治的な話は奈津には分からない。家のことも、両親のことも、気の毒だとは思う。

けれど、それはつまり奈津を利用するために近付いてきたということだ。

力になりたい気持ちがないわけではないが、正直ショックだった。

『聖女』という、道具だとしか、見られていないのだということが……。

やはり誰《だれ》にとっても、自分には聖女としてしか価値がないのかと思う。

カイルにとっても——クロードにとっても。

「本当は穏便に、私がドラゴンを倒《たお》す力を与《あた》えてもらえれば一番だったんですが、時間がない以上仕方ない。道中でどうにでもなるでしょうしね」

「……どうにでもって、どういうことですか？」

嫌《いや》な予感に、奈津は顔を強《こわ》ばらせる。

カイルは、本気なのか演技なのかは分からないが、少し気の毒そうな目で奈津を見た。

「『聖女』の力は『聖女』から愛されたものが得る。アリエスに伝わる口伝では、そういうことになっていましたが……実際は違《ちが》うのではないですか？」

カイルの言葉に、奈津はぎょっとして息を呑《の》む。

「ナツさんは殿下《でんか》を愛しているようにはとても見えなかった。けれど、力は確かに殿下のものになった。そして……あの夜にあっただろうことは、私にだって分かります」

確かに、それだけの情報があれば、実際に必要なのが『愛』などという曖昧《あいまい》なものでないことはすぐに分かっただろう。

……けれど、カイルは大きな思い違いをしている。

「悪いけど、俺を連れて行っても無駄《むだ》だと思いますよ」

「……どうしてです？」

「俺はもう、殿下に力を渡《わた》してしまったんです」

「そんなことはもちろん知っています。ですが、私は聞いたんですよ。『聖女』をレクシスに渡すわけにはいかないと、陛下や祭司が話しているのを。それはつまり、『聖女』は何度でも、力の受け渡しができるということでしょう」

カイルの言葉に、なるほど、と思う。確かにそれだけを聞けば、そう思うのは無理もない。けれど、正確にはそうではない。奈津は、静かに頭《かぶり》を振る。

「それは思い違いです。ドラゴンが倒されたとき、一旦《いったん》力は俺に戻《もど》ってきました。だから、確かに俺は、昨日までは力を持っていました。けど……昨夜、殿下が俺のところに泊《と》まったことも、カイルさんは知ってるんじゃないですか？」

「ええ、もちろん。それは知っていました……が……」

そこまで口にして、カイルは自分の思い違いに気づいたらしい。何かを考えるように口元に手を当てている。

おそらく、カイルはドラゴンを討伐《とうばつ》したあと、クロードが力を失ったことを知らなかったのではないだろうか？

それさえ知っていたら、奈津とクロードの間を力が行き来していたことに気づいただろう。だが国としては、わざわざクロードにもう力がないことを喧伝《けんでん》する理由はない。むしろ勇者としてドラゴンを倒せる存在だとしたままのほうが、都合がよかったのかもしれなかった。

「そんな……」

戸惑《とまど》うように瞳《ひとみ》を揺らすカイルに、奈津ははっきりと頷く。

「もう、俺にはなんの力もないし、連れて帰っても無意味です」

「そんな……そんなのは分からないだろう！」

信じられないというよりも、信じたくないといった様子で、カイルが頭を振る。

そして、奈津を睨《にら》むと、そのまま奈津の肩《かた》を掴《つか》み、座席に倒した。

「ちょっ、なにを……」

シャツのボタンを外されて、奈津は慌《あわ》てて声を上げる。そのままシャツを捲《まく》られて、ズボンと下着をずり下げられる。

けれど、カイルの手は止まらなかった。

「ない……」

呆然《ぼうぜん》とした声が、カイルの口からこぼれた。

どうやら、奈津の痣《あざ》を確認《かくにん》しようとしたらしい。

焦《あせ》ったけれど、これではっきりと分かっただろうと、奈津は小さくため息をついた。カイルも諦《あきら》めが付いたはずだ。

「ここであったことも聞いたことも、俺はなかったことにします。カイルさんにはお世話になったし……だから、このまま街に戻ってください」

どれくらい眠《ねむ》っていたかは分からないけれど、丸一日以上ということはさすがにないだろうし、大きな問題になることはないだろう。

そう、思ったのだが……。

「――――分からない」

静かな、けれどどこかぞっとするような低い声だった。

「いっ……」

強い力で体をひっくり返されて、下半身が座席から落ち、奈津は驚《おどろ》きと痛みに息を呑む。床《ゆか》にぶつかった膝《ひざ》がじんと痛んだ。座席の座面に頬《ほお》を押し当てるような体勢に、なにが起きたのかと思う。

もちろん、すぐに起き上がろうとしたが、背中を強く押さえつけられて、動くことができない。

「やってみなければ分からない」

「やってみなければって……」

嫌な予感に、ぞっと背筋が冷たくなった。

「うそ、だろ？」

カイルの手が、腰《こし》に触《ふ》れる。

「や、やだ！　やめろ……っ」

慌ててそう言ったけれど、先ほど半ばまでずり下げられていたズボンと下着は、あっさりと膝まで下ろされてしまう。

「ちょ……やっ」

カイルはそれ以上何も言う気はないらしい。無言のまま、剝《む》き出しになった場所に触れられて、奈津は擦《かす》れた悲鳴を上げる。

「無駄だって、言ってるだろ……！」

けれど何を言っても、カイルの手が止まることはなかった。

広げられたのは、昨夜散々クロードのものを呑み込んだ場所だ。まだ柔《やわ》らかいそこに、硬《かた》い指が触れる。

「やだっ、触《さわ》るな……っ！」

恐怖《きょうふ》と羞恥《しゅうち》で目の奥が熱くなり、こぼれ出した涙《なみだ》が座面に吸い込まれていく。

カイルの指が、そこを上下に擦《こす》り上げた。

「ひっ……」

嫌だと思うのに、いくら締《し》めつけてもそこは少しずつ綻《ほころ》んでしまう。ぐっと強く押されて、乾《かわ》いた指にひりつくような痛みを感じた。

「……た、のむから…も、やめて……っ」

涙声でそう言って、痛む肩を捩《よじ》るように背後のカイルを見つめた。カイルはそんな奈津を見て、微《かす》かに笑った。

「――ああ、なるほど。殿下の気持ちが分かる気がしますね」

「あぁっ……！」

二本の指が、様子を探《さぐ》るように中を押し広げる。

「や……っ」

泣きながら、奈津が頭を振《ふ》った――そのとき。

「あっ」

がたん！　と強く馬車が揺《ゆ》れ、左に体が傾《かたむ》く。弾《はず》みで、カイルの指が抜《ぬ》けた。

「何をやっているんだ……！」

カイルは忌々《いまいま》しげにそう呟《つぶや》き、御者台《ぎょしゃだい》のほうへと向かおうとした。だが、その前に馬車はさらに激しく揺れ、衝撃《しょうげき》とともに停車したようだ。ランプの灯《あか》りは壁《かべ》に叩《たた》きつけられたような音とともに、ふっと消えてしまい、一瞬《いっしゅん》車内が真っ暗になった。

外で何か、声がした。人の声、そして嘶《いなな》く声。

奈津はその声に確かに聞き覚えがあった。

まさか、と思う。

けれど、気のせいでなければ今外から聞こえたのは……。

すぐに戸が壊《こわ》れそうな勢いで開き、そこからランプの灯りとともに誰《だれ》かが、入り込んでくる。

「ナッ！　無事か⁉」

「────……クロード……？」

信じられない気持ちのまま、奈津はランプに照らされた男の名前を呟く。

そこにいたのは、間違《まちが》いなくクロードだった。

クロードは、奈津の姿に一瞬だけほっとしたような顔をしたが、すぐに奈津が半裸《はんら》で縛《しば》られていることに気づいて顔色を変える。

「ぐっ……」

カイルの悲鳴と、何か固いものがぶつかる音と衝撃が馬車を揺らしたのは、ほとんど同時だった。

ランプの灯りを反射してきらりと光ったのは、どうやら長剣《ちょうけん》のようである。

奈津は馬車の中に突《つ》き入れられたその剣の切っ先がどこへ向かっているのか、確かめるように首《こうべ》を巡《めぐ》らせる。しかし、はっきりとそれを視認するより先に、クロードは剣を引き抜いた。

もう片方の手で奈津を抱《だ》き上げると、馬車の外へと連れ出す。

奈津は逆らわなかった。気力もなかったし、それ以上にまだなにが起こったのか分かってい

ないのが大きい。

「遅《おそ》くなってすまなかった。……立てるか？」

「は、はい……」

奈津が頷《うなず》くと、クロードは奈津をその場に下ろし、すぐにロープを切り落としてくれた。ついでにズボンと下着も引き上げてくれる。

まだ信じられないような気持ちだった。どうしてここにクロードがいるのだろう？　自分は夢でも見ているのだろうか……？

混乱したまま、奈津はただクロードを見上げることしかできなかった。

クロードはそんな奈津の髪《かみ》を労《いたわ》るように撫《な》でる。

「もう大丈夫《だいじょうぶ》だ」

「……………は、い」

言葉に押されるように、こくんと頷いた途端《とたん》、背中のほうからぶわりと恐怖が湧《わ》き上がってきた。

ひ、と喉《のど》から引き攣《つ》ったような声がこぼれ、奈津の顔がくしゃりと歪《ゆが》む。

「っ……も、やだ……怖《こわ》かった……っ」

震《ふる》える声で呟いた奈津を、クロードが抱き寄せた。奈津はその胸元《むなもと》にしがみつき、ぎゅっと額を押し当てる。

――ああ、クロードだ。本当に、ここにいる。

ようやく、そう思った。ここが、この腕《うで》が、間違いなく現実だと。

涙がぽろぽろとこぼれて、クロードの服に染《し》みこんでいく。クロードの腕が、宥《なだ》めるようにやさしく奈津の背中を叩いた。

「も……そん、な……」

「うん？」

「そんな、ことされたら……っ、ますます、泣けてくるじゃないですか……っ」

ぐすぐすと鼻を鳴らして言う奈津に、クロードは一瞬沈黙《ちんもく》し、そのあとクスリと笑った。

「な、なに……笑ってるん…ですか…っ」

顔を上げてキッと睨《にら》みつけると、クロードは楽しげに奈津を見下ろして、目尻《めじり》にちゅっとキスをする。

そのしぐさに少し、どきりとした――――のだが。

「泣き顔が好きだと、言ったことはなかったか？」

「……最低です」

知っていた。知っていたけれど、このタイミングで言うのはどうなのか。

少し腹が立って……なのに、どうしてか奈津は笑ってしまったのだった。

る。

「少しは、落ち着いたか？」

「……はい」

ソファに座った奈津は、紅茶の入ったカップを手に、こくりと頷いた。

借り物の服は少し大きくて、奈津は手の甲《こう》も半ば隠《かく》れている。

ソファセットとチェストがあるだけの、簡素な部屋だ。奥には寝室《しんしつ》に続くと思わしき扉《とびら》がある。

──あのあと。

しばらくして五、六人ほどの騎士《きし》らしき男たちが馬で駆《か》けつけてきて、カイルの身柄《みがら》はそのものたちに預けることになった。

奈津はクロードの馬で、少し戻《もど》ったところにあった建物へと連れてこられて、風呂《ふろ》を使わせてもらったところだった。

どうやらここは、クロードが管理している砦《とりで》の一つであるらしい。

広い風呂は普段《ふだん》なら兵士達が使っているものらしいが、早朝ということもあってか、それともクロードに遠慮《えんりょ》してか、奈津の貸しきりだった。

おかげでゆっくりとできたのは、ありがたかったのだけれど……。

一人になって考えているうちに、クロードとの間のことは、何一つ解決していなかったのだと思い出してしまった。

先ほどは急転の事態に対する混乱と、危ないところにクロードが駆けつけてくれたという安《あん》堵《ど》でいっぱいになってしまったが、そもそも自分はしばらくクロードとは顔を合わせたくないと思っていたのではなかっただろうか。

なのに、こんなところで二人っきりになってしまうとは……。

「わっ」

ちらりとカップから視線を上げた奈津は、驚《おどろ》いて声を上げた。

いつの間にか、クロードが隣《となり》に座って自分を見つめていたのである。

「ち、近いです!」

「別にいいだろう?」

「よくないですけどっ?」

奈津の答えに、クロードはどこか不思議そうだ。

「あ、あの?」

カップを取り上げられて、奈津はパチリと瞬《またた》いた。そのまま、クロードがカップをテーブルに置くのを目で追う。

「――――それで?」

「はい？」

「カイルに何をされた？」

「えっ？」

ぐいと肩《かた》を摑《つか》まれて、クロードのほうを向かされた。極近《ごく》くで顔を覗《のぞ》き込まれてややのけぞると、そのままとんと肩を押されて……。

「態度がおかしいのはあいつのせいだろう？」

「ちょっ、ちょっ、ま、待ってください！」

ソファの座面に押し倒《たお》されて、奈津は慌《あわ》ててクロードの肩を押し返す。けれど、体勢のせいか、それとも体格差のせいかびくともしない。

「何をされた？」

重ねて問うクロードの表情は、間違いなく笑顔《えがお》だ。けれど、笑っているのにどことなく怖い。目が笑っていない。

「な、なにも……」

「下着まで脱《ぬ》がされておいてか？」

「っ……」

確かにそう言われると、なにもなかったというのはさすがに苦しいかと思う。

「ちょっと……さ、触《さわ》られただけです」

「どこを？」

「ど、どこって……どこだっていいじゃないですか……！」

口にするのも憚《はばか》られる場所である。

恥《は》ずかしくなって怒鳴《どな》った奈津にクロードが眉《まゆ》を顰《ひそ》める。

「いいわけがあるか。俺のものに触るなど、どこであろうと許されるはずがない」

その言葉に、奈津は束《つか》の間呆然《ぼうぜん》とし、それからカッと頬《ほお》を染める。羞恥《しゅうち》ではない。怒《いか》りのせいだ。

「俺は……クロードのものになったつもりはありませんから」

勝手に所有した気にならないで欲しい。

もしも……もしも、クロードが自分のものだったなら、自分がクロードに所有されることは奈津にとっても喜びだったかもしれない。

けれど、一方的なそれは自分を繋《つな》ぐ鎖《くさり》のようなものだ。たとえ自分がクロードを好きでも、いずれその重さと不自由さに苦しくなる。

ひょっとしたら、クロードの立場では、誰《だれ》かを娶《めと》るというのはそういうことなのかもしれないけれど……。

少なくともそれは奈津の感情とは寄り添《そ》わない。

「つれないことをいうのはこの口か」

「いっ」

頬を抓《つね》られて、久し振《ぶ》りの感触《かんしょく》に、涙《なみだ》が滲《にじ》む。

「カイルに何か言われたのか？」

「……別に、そういうわけじゃないです」

確かに言われはしたけれど、それが一番の原因というわけではない。ただ分かっていたことを突《つ》きつけられたというだけで……。

「ならどういうわけだ？」

ぐいぐいと両頬を抓られて、奈津は口を閉《と》ざしたまま、思い切り目を逸《そ》らす。

断固拒否《きょひ》、黙秘権《もくひけん》を行使する、そういうつもりだった。

けれど……。

「んっ」

ちゅ、と音を立ててキスされて、慌てて目を向ける。

「言わないならずっとするからな」

「んっ、やっ、ちょっ……」

拒否しようにも、言葉の合間にちゅっちゅっと繰《く》り返される。頬を抓っていた指は外れ、その代わりというように強く包み込まれる。

「は、んっ、はなしっ…んっ、聞く気、ある…んっ、ですか!?」

言わないならすると言いながら、言わせないのはどっちだ、と思う。

「こっ、こっちは…な…んっ、悩《なや》んで…る、のにっ」

言いながら、ぽろりと涙がこぼれた。

「ひ、ひど……んっ」

ひどいひどい、本当にひどい。

何度も何度も啄《ついば》むように口づけてくる唇《くちびる》が、頬を包み込む手のひらがやさしくて……。

好きだって言われているみたいに、思えてしまう。

ねっとりと舌を絡《から》められて、痛いくらい舌を吸われて、下唇を噛《か》まれる。ぐちゃぐちゃになるまで口の中を舐《な》め回されて、唾液《だえき》が顎《あご》を伝った。

「なにがひどい？　ようやく俺のところに落ちてきたと思ったら、俺のものじゃないなんて言うお前のほうが、よっぽどひどい男だろう？」

「だ……だって……クロードだって、お、俺のものじゃ、ないくせに……っ」

口にした途端《とたん》、ますます涙は勢いを増した。

頬を包み込んだままのクロードの手を濡《ぬ》らしていく。

「なんだと？」

「お、俺の力だけが、目的の、くせにっ！　女の人とも結婚《けっこん》するくせに！」

ひくひくと半ばしゃくり上げながらそう言った奈津に、クロードはポカンとしたように目を見開いている。

「俺はモブで…庶民《しょみん》だから、そんな感覚分かんないんですよ！　好きな人は一人だし！　複数の相手と結婚なんて、考えたくもないし……！」

「一体何をどうしたらそんな考えになるのか分からないが……とりあえず落ち着け」

クロードはそう言うと、取り出したハンカチで奈津の顔を拭《ふ》き、それから膝《ひざ》の上へと抱《だ》き上げる。

クロードの膝に跨《また》がって、首筋に額を押しつけるような体勢は恥ずかしかったが、ぎゅっと抱き締《し》められて身動きが取れなかった。

「泣いている顔が好きだとは言ったが、これでは色気もなにもないな」

「そう思うなら、放してくださいっ」

ますます悲しくなってきたが、クロードはむしろ抱きしめる腕《うで》に力を込めてくる。

「放すわけがないだろう。よく分からんが、おかしな誤解をしているようだしな」

「誤解なんてしてません」

「しているんだ。まず簡単なほうから行くが――俺が女と結婚するというのはなんの話だ？」

そう訊《き》かれても、奈津はしばらく口を閉ざしたままでいた。

けれど、クロードもまた何も言わずに、ただ奈津の返事を待っているようだ。完全な膠着《こうちゃく》状態《じょうたい》に、結局根負けして奈津は渋々《しぶしぶ》口を開いた。

「……そう聞きました。それに、別に聞いてなくても、そんなの、当たり前のことだし」

奈津の言葉にクロードはすぐには何も言わず、ただため息をこぼした。

「まあ、大方カイルが言ったんだろうが……。それで、力だけが目当て、というのはなんの話だ？　ナツが『聖女』かどうかなんて、俺には関係ない。『聖女』に求婚しているわけじゃないと言っただろう？」

確かに言っていた。忘れるはずがない。けれど……。

「そんなの、クロードに関係なくたって、アリエスには関係あるじゃないですか。俺がレクシスに行かないように、そのために城に戻《もど》そうとしたくせに……」

「なるほどな。その話を聞いていたのか」

クロードは、ようやく納得《なっとく》がいったというようにそう言った。そうして、ゆっくりと奈津の背中を撫《な》でる。

「なぁ、ナツ。お前がさっき言った言葉だが……感覚が違《ちが》うとは、俺は思わないぞ。俺も好きな相手は一人で充分《じゅうぶん》だ。結婚も、お前以外とするなんて考えてもいない。結婚のことも、『聖女』の力のことも、国や陛下がどう思っていたとしても、俺の気持ちとは関係がない。大体、本当に必要なのが力だけだったなら、どうして今お前を助けに行ったと思うんだ？」

「……え？」

「今力は俺の元にあるんだぞ？　ナツがレクシスに連れて行かれたところで、『聖女』の力がレクシスに渡《わた》ることなどありえないと、俺が一番よく知っている」

そう言われてみれば、そうだ。

奇《く》しくも奈津自身がカイルに言ったように、今の奈津にはなんの力もない。

「じゃあ、なんできたんですか？」

「お前のことを好きだからと、何度言えば分かってくれるんだろうな」

ぽろりとこぼれた疑問に、クロードがまたため息をつく。

「俺は、お前がここに最初にやってきて、涙目になっているのを見たときからお前のことが気に入っていたんだ」

「……まったく嬉《うれ》しくないんですけど」

それだったらまだ、『聖女』の力が目的なんだと言われたほうが納得できるくらいだった。

「そういうぽんぽん言い返してくるところや、反抗《はんこう》的なところも好きだ」

「そっ……そうですか」

今度は少し嬉しい。

「お前がカイルと親しくしていると知って腹が立ったし、図書室で抱き合っているのを見たときはどうしてやろうかと思った」

「思っただけじゃなかったじゃないですか……」

そう突っ込みつつ、あれは抱き合っているように見えていたのか、と思う。

あの夜、突然《とつぜん》部屋にきたのはつまり、カイルとの仲に嫉妬《しっと》してということなのか……。

散々な思い出だったはずなのに、そう言われるとどうしていいかわからなくなる。

「お前が城からいなくなったと知って、すぐにでも人相書きを回そうとしたんだ。だが、陛下や家臣達に全力で止められた。ドラゴンを退治し終わったらと言われて、俺がどれだけもどかしかったかわかるか？」

「……そ、そんなのわかんないですよ」

力さえ手に入ったら用なしなのだと、思っていたのだから。

『再会してようやく少し近付いてきたと思ったら、今度は『聖女と結婚したら箔《はく》が付くんですか？』とか言われる。ようやく気持ちが伝わったと思えば、すぐに素っ気なくなる。目を離した隙《すき》に攫《さら》われる」

そう並べられると、確かに自分のしたことがひどいことだった気がしてくる。

「そうして、助け出してみれば、力が目的だの、女と結婚するんだろうだのと責められて……ひどいのはどっちだろうなぁ？」

言いながら腕を外されて、顔を覗《のぞ》き込まれた。

「――――……前半はともかく、後半は、その……すみませんでした」

「今度こそわかったか？」

じっと見つめられたままそう問われて、奈津はうろうろと視線を彷徨《さまよ》わせ、やがて小さく頷《うなず》く。

「わかったら今度こそ、一緒《いっしょ》に城に戻って結婚してくれ」

「っ……だ、だから、その、それは……琥珀亭のこともあるし」

「急に人手が足りなくなって困るというなら、城から人をよこさせる」

「えっ、でも、昨日は……」

「昨日の朝はナツの様子がおかしかったから、少し時間を置こうかと思ったんだ。心の準備がいるのかと思ってな。だが、もう充分だろう？　ナツは近くに置いておかないと、また余計なことを考えそうで心配で仕方ない」

確かに、一人でぐるぐる考え込んでいた立場からすると、そう言われてなにも言えなくなってしまう。

「………本気、なんですか？」

「まだ疑うのか？」

「そうじゃないですけど！　お、俺だって……」

奈津はそこで一度言葉を句切ると、唇をきゅっと嚙みしめて、もう一度、今度はゆっくりと開く。

「……クロードのこと、好きになっちゃったから、不安なんです」

そう、結局はそういうことなのだ。

好きにならなかったら、こんな不安になるようなこともなかっただろう。

好きになってしまったから、クロードの一挙手一投足にも、周囲の声にも、不安をかき立てられてしまう。

「――――……ナツ」

「は、はい……うわっ」

ぎゅっと抱き締められて、奈津は目を白黒させる。

「そんな可愛《かわい》らしいことを言って、ただで済むとは思っていないよな？」

「は？　え、ちょっ、あっ」

抱き締められたまま尻《しり》を揉《も》まれて、奈津はびくりと体を震《ふる》わせた。

「ま、まだ昼間ですよ!?」

「それがどうかしたのか？」

言いながら、クロードは容赦《ようしゃ》なくズボンの中に手を入れてくる。大きめの服が仇《あだ》となった。

「わ……っ」

シャツの裾《すそ》から胸元《むなもと》に手が入り込んできたことに驚《おどろ》いてのけぞった途端《とたん》、そのまま後ろにひっくり返りそうになって、慌《あわ》ててクロードの肩《かた》に抱きつく。

「そうやって摑《つか》まっていろ」

る。

「だ、だからまだ、んっ……」

もう黙《だま》っていろというように唇《くちびる》を塞《ふさ》がれて、そのままクロードの舌が口の中に入り込んでくる。

そうしてキスに気を取られているうちに胸元に手を這《は》わされた。くすぐったさに首を竦《すく》めていると、急に一点で指が止まり、何度もそこを指先で擦《こす》られる。

最初はなんということのない刺激《しげき》だったのだが……。

「ん……っ、ん…」

なんだろう？　じわじわと染《し》み出すように、そこから快感が湧《わ》き上がってくる。いつの間にか指が引っかかるような感触《かんしょく》がして、そこが乳首《ちくび》なのだと分かった。

どうしてそんなところをと思うけれど……。

「あっ」

きゅっと摘《つま》まれて、奈津はびくんと肩を揺《ゆ》らした。唇が解け、高い声がこぼれる。

「気持ちがいいか？」

「ち、ちが……そうじゃなくて、びっくりして……」

乳首で感じてしまうのが恥《は》ずかしくて、奈津は咄嗟《とっさ》にそうごまかした。けれど……。

「そうか？　ならちゃんと確かめてみるか」

そう言って、クロードがにっこりと笑う。

嫌《いや》な予感に背筋がぞわりとする。

「そんなの、しなくていい、です」

ふるふると頭《かぶり》を振《ふ》ったが、クロードが許してくれるはずもない。

「感じていないなら問題ないだろう？」

そう言うと、するするとシャツを捲《まく》り上げ、唾液《だえき》で濡《ぬ》れた唇に裾を押し当てる。

「邪魔《じゃま》にならないように咥《くわ》えていろ」

そう言って促《うなが》すように唇をぐっと押されて、奈津はおそるおそる口を開き、入り込んできたシャツを咥えた。

「ああ、よく見えるな。――うん？　感じていないというわりには、随分《ずいぶん》赤くなっているな」

「ふ……っ」

ぴんと指先で尖《とが》りを弾《はじ》かれて、奈津はシャツを強く噛《か》む。じわりとシャツに唾液が滲《にじ》むのが分かった。

そのまま何度も弾かれて、それからくりくりと指の間でこよりを作るように擦られる。

「ああ、こちらだけというのも可哀想《かわいそう》だな」

「んんっ」

右の、まだ触《ふ》れられていなかったほうの乳首に、ぬるりと舌が這わされた。それは指で擦られるのとはまるで違《ちが》う感覚だ。先ほどよりもずっと早く、下肢《かし》に痺《しび》れが伝わり始める。

左を指できつく摘まれながら、右は舌でやさしく舐《ねぶ》られる。アンバランスな責め苦はどこかもどかしく、何度も膝《ひざ》でクロードの太股《ふともも》を締《し》めつけてしまう。

「両方ともいやらしい色になったな？　これでも」

「んぅっ」

「感じていないというのか？」

「いっ……」

抓《つね》られるのと同時に、軽く歯を立てられて、奈津はびくりとのけぞる。まるでもっと強請《ねだ》るように胸を反らせてしまう。

痛い。

指も唇も離《はな》されて、乳首がじんじんする。

なのにどうして……。

「気持ちがいいんだろう？」

クロードの言葉に、奈津の唇からぱさりと、シャツが落ちる。クロードはそれを咎《とが》めなかった。何も言わずに、奈津の言葉を待っている。

「気持ち、い……から、もっと……もっと、乳首、触《さわ》って……っ」

奈津がそう言うと、クロードは満足げに笑った。

「よく言えたな」

褒《ほ》められると、じんわり胸の中が温かくなる。こんなことで褒められて喜ぶなんて、どうかしていると思うのに……。

「シャツのボタンを外して、前を開け」

言われるままに、裾が唾液で湿《しめ》ってしまったシャツのボタンを一つずつ外す。もどかしいような気持ちを覚えつつ、ようやく全《すべ》てのボタンを外すと、今度は前身頃《まえみごろ》を開いてみせるように言われた。

「期待しているのか？　目が潤《うる》んでいるな」

「っ……」

からかうような声に、頬《ほお》が熱くなる。

「本当に、かわいい」

「あ……ああっ」

唾液に濡れていたほうを強く摘まれて、高い声がこぼれる。思わず逃《のが》れるように背中を丸めてしまったけれど、クロードが片腕《かたうで》を腰《こし》に回してくれていたおかげで、膝から落ちるようなことはなかった。

「ひ、あっ、あんっ……！」

「背中を丸めるな。ここを弄《いじ》って欲しいんじゃないのか？」

クロードの言葉にゆっくりと背中を伸《の》ばした。途端に、クロードの舌が赤く充血《じゅうけつ》した乳首に触れる。

「あっ、んっ……んっ」

舌で突《つつ》くようにされたあと、じんと痺れるほど強く吸われて背中が震えた。

「随分と気に入ったみたいだな」

「ひぁっ…ん、んぅっ」

「こんなことならもっと早く、ここも可愛がってやればよかった」

男のくせにこんなところで感じるなんてと思うと恥ずかしくて、なのにそう思うと余計に気持ちがよくてたまらない。

そうして散々乳首を虐《いじ》められてから、奈津は自分でズボンを脱《ぬ》ぐように命じられた。

もう、逆らう気は起きなかった。

「膝を立てて、そう。ゆっくりでいい」

ズボンのボタンを外す。チャックなんてものはないから、すべてがボタンだ。

「ん…ん…っ」

ボタンを外そうとすれば、当然だが中にあるものに刺激が及《およ》ぶ。まだ乳首にしか触られていないのに、そこが硬《かた》くなっているのがはっきりと分かって、泣きそうになった。

それに……。

「ああ、そういえば、下着は着けていないんだったな」

知っていたくせにと、奈津は濡れた目でクロードを軽く睨《にら》む。さすがに下着までは借りられなかったのは、貸してくれたクロードが一番よく知っている。その上、さっきズボンに手を突《つ》っ込んだのだ。知らないはずがなかった。

奈津は靴《くつ》とズボンを脱ぎ捨てると、ボタンを外したシャツをはおっただけの格好で、もう一度、今度は自分からクロードの足を跨《また》ぐ。

「こんなにどろどろにしていたのか？」

今日はまだ触れられていない場所は、クロードの言葉通り先走りを零《こぼ》していた。

「ひぁっ」

クロードの手がそこに触れ、ぐちゅぐちゅと音を立てて扱《しご》きはじめる。

「あ……っ、だめ……も…出ちゃう……ッ」

「好きなだけ出せばいい」

「あ、ああっ」

先端《せんたん》をぐりぐりと擦られて、奈津はいっそあっけないほどあっさりと絶頂を迎《むか》えてしまった。

吐《は》き出したものはほとんどが、クロードの手の中に受け止められたようだ。

荒《あら》い息を零し、ぐったりとクロードに寄りかかる。

「ん……っ」

濡れた指が、ずるりと後ろに入り込んできた。奈津はぶるりと体を震《ふる》わせて、指を締めつける。けれど、クロードの指は締めつけに構うことなく、ゆっくりとそこを広げていく。

やがて指が抜《ぬ》ける頃《ころ》には、奈津のものは再び頭を擡《もた》げていた。

「そろそろいいな」

奈津の腰をクロードがぐっと抱《だ》き寄せる。

膝立ちにさせられて、クロードが硬くなったものを取り出すのを見つめた。与《あた》えられる快感を想像して、指で広げられたそこが、ひくりと震える。

けれど……。

「ゆっくり腰を下ろしてみろ」

その言葉に、奈津は驚《おどろ》いて目を瞠《みは》った。

それはつまり自ら、クロードのものを呑《の》み込めという意味だろう。

「そんなの、む、無理……」

奈津はふるふると頭を振る。けれど、クロードは許す気はないらしい。

「だったら、ずっとこのままでいるか？」

そう訊《き》かれて、奈津は唇《くちびる》を噛んだ。

「どうする？」

促《うなが》されて、奈津は左手でクロードの肩《かた》を摑《つか》む。震える膝を叱咤《しった》し、右手を後ろに回すと、そっとクロードのものに手を伸ばした。

「あっ……」

硬いものに触《ふ》れた手が、熱いものに触れてしまったときのように一度びくりと跳《は》ねた。けれど、覚悟《かくご》を決めてそっと掴む。

そして、ゆっくりと腰を落とした。

「んっ……あ…あっ」

濡《ぬ》れた場所にクロードのものが触れる。途端《とたん》にそこが、ひくりと蠢《うごめ》いたのが分かった。くぷりと先端部分が沈《しず》む。奈津はそのままゆっくりとクロードのものを呑み込もうとした。けれど……。

クロードのものが気持ちのいい場所に触れた途端、がくりと膝から力が抜けた。

「あっ、あぁ――……っ！」

一気に奥までクロードのものが入り込んでくる。

「は、あ、ああ……」

快感のあまり目の前がちかちかとした。

「よくできたな」

クロードはそう言うと、奈津の頬にキスをして、腰に腕《うで》を回す。

「あっ、や、待って……まだ…っ」

「こんなにきゅうきゅう締《し》めつけられて、待てるはずがないだろう?」

「あっ、や、ん、んっんっ」

まだ息も整わないのに突き上げられて、鼻から抜けるような声がこぼれる。

その上、時折悪戯《いたずら》するように乳首《ちくび》をきつく抓《つね》られる。そのたびに奈津はクロードのものを締めつけ、自らも腰を揺《ゆ》らした。

「イクっ…、も、イッちゃう……っ」

「ナツ……っ」

名前を呼ばれて、一番深い場所まで埋《う》め込まれて、奈津は快感のあまり涙《なみだ》をこぼしながら、絶頂を迎えた。クロードのものが奥で弾《はじ》けるのを感じながら……。

◆

「つ、疲《つか》れた……」

暖かい日差しの降り注ぐ空中庭園で、奈津はぐったりとテーブルに顔を伏《ふ》せていた。

「随分《ずいぶん》とがんばっているようだな」

そう言うと、向かいに座っているクロードがクスリと笑う。

奈津はのろのろと顔を上げ、ティーカップに口をつけるクロードをじっと見つめた。

自分などよりずっとハードスケジュールのはずなのに、疲れた様子がないのはなんなのか。

ひょっとして化け物の類《たぐい》なのではないかと思う。

――あのあと、結局奈津は琥珀亭を辞《や》めることになった。もちろん、ニックとフローラにはちゃんと事情を話して、である。

二人は驚きつつも奈津に「またいつでもおいで」と言ってくれた。

そのことに奈津は感謝しながら、クロードに望まれた通り城に戻《もど》ったのだが……。

「結婚《けっこん》までの道のり、大変すぎるんだけど……」

といってもこれは、王家の結婚式といったらもっとずっと時間をかけて準備をするはずのところを、急ピッチで進めているせいらしい。

奈津はいつでもいいというか、いっそ結婚式などしなくてもいいのでは、とすら思うのだが、さすがにそういうわけにはいかないらしい。

となれば準備することはいくらでもあるわけで……。

もちろん、結婚式やパーティなどは奈津が口を出すところではない。それでも、衣装の採寸などはある。

その上、礼儀《れいぎ》作法は一般《いっぱん》的男子大学生レベルの奈津である。とてもではないが、宮廷《きゅうてい》で通用するようなものではない。

クロードに恥《はじ》をかかせたくなくて、とにかく問題ないレベルにして欲しいと言ったのは自分だ。だから自業《じごう》自得なのだが、この『問題ないレベル』というのがとてつもなくハードルが高かった。

一般的な作法はもちろん、ダンスのレッスンもあれば、歴史や地理、近隣《きんりん》諸国の語学などの勉強もある。

結婚式までにちゃんと身につくのだろうかと不安だが、とにかくがんばるほかないだろう。

「あまり無理しなくてもいいんだぞ？　ナツが異世界から来たことは、皆《みな》が知るところなのだし」

「それはそうですけどー……」

なんというか、これは意地のようなものだ。

「……クロードに、いい嫁《よめ》がきたなーって思われたいんですよ」

奈津がそうぶつぶつと呟《つぶや》くと、クロードは驚いたように目を瞠ってからふわりと笑う。

「――――今夜は覚悟しておけ」

「顔と台詞《せりふ》が合ってないんですけど⁉」

思わずそう突《つ》っ込みつつも、奈津は頬《ほお》を赤らめる。

夜に無理すると、明日《あした》のダンスのレッスンに響《ひび》く。そう、分かっているのだけれど……。

「どこを可愛《かわい》がって欲しいか、よく考えておけよ」

そう言って軽く頬を抓られると、ぞわりと背筋が震えてしまう。

そうして自分がどSの王子様にすっかり攻略《こうりゃく》されてしまったことを思い知りつつ、奈津は期待に潤《うる》んだ目で、ゆっくりと頷《うなず》いたのだった。

あとがき

はじめまして、こんにちは。天野《あまの》かづきです。この本をお手にとってくださって、ありがとうございます。

梅雨《つゆ》時だというのに蒸《む》し暑い日が続いておりますが、みなさまいかがお過ごしでしょうか……。わたしはすでに二回も熱暴走でPCがシャットダウンされました。そろそろこのPCもダメかなと思いつつ、ファンを新調しました。なんとか夏を乗り越《こ》えて欲しいものです。

今回のお話は、乙女《おとめ》ゲームをプレイしていた受が、ゲームの中に入ってしまうお話、第二弾《だん》です。『聖女』として攻略キャラに迫《せま》られた受は、どうにか貞操《ていそう》を守ろうと、攻略の記憶《きおく》を頼《たよ》りにフラグを折りまくります。ですが、その中に一人だけ、まだゲームで攻略前だったキャラの王子がいて……という、内容でお送りしています。

ちなみに、今回受が入ってしまう乙女ゲームは前作の『魔王は勇者に攻略されました。』で受が作っていたゲームのシリーズ続編だったりします。タイトルくらいしか共通点がないのは、制作会社が変わったせいなのでは……とかこっそり考えていました。よかったら『魔王は勇者に攻略されました。』もぜひ、よろしくお願いします。

今回のイラストも、陸裕先生が描いて下さったのですが、表紙のクロードの表情が好きすぎて、カラーをいただいてから何度も眺《なが》めています。あと、奈津のおなかが好きです……。本当にありがとうございました。

そして、今回も担当の相澤さんには、お世話になりました。今回はいつにもましてご迷惑《めいわく》をおかけして、本当に申し訳ありませんでした。心から感謝しております。ありがとうございました。

最後になりましたが、ここまで読んでくれたみなさま、本当にありがとうございます。少しでも楽しんでいただけましたでしょうか。
みなさまのご多幸と、またどこかでお目にかかれることをお祈《いの》りして……。

二〇一六年　六月

天野かづき

KADOKAWA RUBY BUNKO

モブは王子《おうじ》に攻略《こうりやく》されました。
天野《あまの》かづき

角川ルビー文庫　R97-46　19896

平成28年8月1日　初版発行

発行者――三坂泰二
発　行――株式会社KADOKAWA
〒102-8177　東京都千代田区富士見2-13-3
電話 0570-002-301（カスタマーサポート・ナビダイヤル）
受付時間 9:00～17:00（土日 祝日 年末年始を除く）
http://www.kadokawa.co.jp/
編集企画――コミック&キャラクター局 エメラルド編集部
印刷所――旭印刷　製本所――BBC
装幀者――鈴木洋介

ISBN978-4-04-104300-4　C0193　定価はカバーに明記してあります。

大好評発売中!!
魔王は勇者に攻略されました。
過労で死んだら【18禁乙女ゲーム】に転生!?
天野かづき×陸裕千景子で贈るトリップ・ラブ登場!!
ラスボスのハズが
攻略対象に
殺られる前にヤられてしまいました…。
天野かづき
イラスト★陸裕千景子
角川ルビー文庫
ゲーム会社に勤務する伊織は、仕事中に過労で倒れたが、目が覚めると見知らぬ男に、貴方は永い眠りについていた「魔王」だと言われる。今の自分の外見が、制作に関わった18禁ゲームに登場するラスボスの魔王に瓜二つだと知り…!?
KADOKAWA

角川ルビー文庫
大好評発売中!!
前世は龍のツガイだったようです。
——百年ぶりの再会だ。
褥で存分に、
お前を抱きたい。
転生&異世界召喚☆まさか俺が「龍の花嫁」!?
昴には幼い頃から何度も見る夢がある。しかも夢の中で自分は「雄の龍」の恋人で、最近では龍と自分の生々しいエッチまで夢で見るようになっていた。ところがある月の明るい夜、気を失って目が覚めると、昴は薬によって体の自由を奪われ、知らない男達に囲まれていて…?
天野かづき
Kazuki Amano
イラスト★陸裕千景子
KADOKAWA

大好評発売中!!
龍王の嫁
天野かづき
KAZUKI AMANO
★イラスト★陸裕千景子
――亀ではなく、白蛇を助けたのに、
なぜか龍宮城で龍王の伴侶になりました…。

ライバルは乙姫で、敵はタコの触手!?

お伽噺とは全く違う龍宮城ラブ登場!

タコの触手に襲われて大ピンチ!?

ある日、浜辺で子供に虐められていた白蛇を助けた歩。その数日後、海で溺れた子供を助けた歩は、力尽きて海中へと沈んでしまう。ところが死を覚悟したはずなのに、気付くと知らない男に襲われていた。男は龍宮城の王・龍翔だと名乗り、自分は歩に助けられた白蛇だと言い出して…!?

角川ルビー文庫
KADOKAWA

騎士の溺愛
天野かづき
漫画＆イラスト◆海老原由里
魔王を倒して帰還した
元勇者（＝大学生）——。
なぜか異世界に
素っ裸で「再」トリップ!?
海老原由里★
描き下ろし漫画
収録♪
異世界に召喚され勇者として魔王を倒し元の世界に戻った大学生・凪。異世界で騎士・カイルに失恋したはずなのに、ある日なぜか素っ裸でカイルのベッドにいて!?

ルビー文庫